Aldous Huxley
Affe und Wesen

Band 337

Zu diesem Buch

»Affe und Wesen« ist eine Satire, eine moralische Fabel und ein prophetischer Alptraum. Geschrieben in der Form eines Drehbuchs, das Huxley in Hollywood aus einem Stoß abgelehnter, zur Verbrennung bestimmter Manuskripte gerettet haben will, schildert der Roman das Leben in Kalifornien, hundertfünfzig Jahre nach einem Atomkrieg. Ein Wissenschaftler aus dem verschont gebliebenen Neuseeland, Mitglied einer Expedition zur Wiederentdeckung Amerikas, beschreibt die entsetzliche Hinterlassenschaft des Atom- und Bakterienkrieges. So grauenhaft dessen konkrete Auswirkungen sind, so verblassen sogar sie vor der moralischen Katastrophe: Der Mensch ist zu einem äffischen Wesen pervertiert und hat einen Teufelsstaat errichtet, in dem Belial angebetet wird.

»Der Roman wurde in England eine literarische Sensation, sein Inhalt steht im Mittelpunkt erhitzter Diskussionen. Das bedeutende Buch ist brillant geschrieben, voller hinreißender Aperçus und fundamentaler Wahrheiten. Es wird zweifellos ein Riesenerfolg in Deutschland sein, in einem Lande, welches das Fegfeuer höchst persönlich erlebt hat«, schrieb »Die Zeit« nach Erscheinen der deutschen Erstausgabe 1951. Für die vorliegende Ausgabe wurde eine neue Übersetzung angefertigt.

Aldous Leonard Huxley, 1894 in Godalming (Surrey) geboren, wurde in Eton erzogen, studierte nach einer schweren Augenkrankheit englische Literatur in Oxford und war ab 1919 zunächst als Journalist und Theaterkritiker tätig. 1921 begann er mit der Veröffentlichung seines ersten Romans »Die Gesellschaft auf dem Lande« seine literarische Laufbahn. Von 1938 an lebte er in Kalifornien. Huxley starb 1963 in Hollywood.

Huxleys vielfältiges literarisches Schaffen umfaßt Gedichte, Reisebeschreibungen, philosophische und naturwissenschaftliche Essays, Erzählungen sowie vor allem ein umfangreiches zeit- und gesellschaftskritisches Romanwerk, in dem sich von den dreißiger Jahren an eine vom Buddhismus beeinflußte mystische Haltung niederschlägt. Sein 1932 erschienener Roman »Schöne neue Welt«, eine ironischsatirische Zukunftsvision, erlangte Weltruhm.

Aldous Huxley

Affe und Wesen

Roman

Aus dem Englischen von
Herbert Schlüter

Piper
München Zürich

Die Originalausgabe erschien 1949 unter dem Titel
»Ape and Essence« bei Chatto & Windus, London.

ISBN 3-492-00637-X
Juli 1984
© Mrs. Laura Huxley, 1948
Alle Rechte der deutschen Neuübersetzung:
© R. Piper GmbH & Co. KG, München 1984
Umschlag: Disegno, unter Verwendung einer Zeichnung
von Design Team
Gesamtherstellung: Clausen & Bosse, Leck
Printed in Germany

Inhalt

I
Tallis 7

II
Das Drehbuch 30

I

Tallis

Es war der Tag der Ermordung Gandhis. Aber auf dem Berg Golgatha interessierten sich die Touristen mehr für den Inhalt ihrer Picknickkörbe als für die mögliche Bedeutung eines im Grunde doch recht alltäglichen Ereignisses, um dessentwillen sie hergekommen waren. Da mochten die Astronomen sagen, was sie wollten, Ptolemäus hatte vollkommen recht: Der Mittelpunkt der Welt ist immer da, wo wir sind. Gandhi war tot, aber Bob Briggs sprach, an seinem Schreibtisch im Büro wie beim Lunch in der Studio-Kantine, immer nur von sich selbst.

»Du bist mir stets eine große Hilfe gewesen«, versicherte mir Bob, als er, nicht ohne Behagen, daran ging, mir die bisher letzte Fortsetzung seiner Lebensgeschichte zu erzählen.

Im Grunde aber wollte Bob, wie ich sehr wohl und er selbst noch besser wußte, gar keine Hilfe. Er genoß eine verfahrene Situation, und noch glücklicher machte es ihn, über seine mißliche Lage sprechen zu können. Seine Schwierigkeiten und ihre verbale Dramatisierung erlaubten ihm, in sich selbst den Inbegriff aller romantischen Dichter zu sehen: Beddoes, den Selbstmörder, Byron, den Blutschänder, Keats, der an seiner Liebe zu Fanny Brawne, und Harriet, die um Shelleys willen starb. Und daher konnte er für kurze Zeit die beiden wichtigsten Ursachen seines Unglücks vergessen – nämlich daß er über keines der Talente dieser Leute und nur über einen Bruchteil ihrer sexuellen Potenz verfügte.

»Wir waren an einen Punkt gelangt«, sagte er (und das mit so tragischer Stimme, daß mir der Gedanke kam, er wäre als Schauspieler erfolgreicher gewesen denn als Verfasser von Drehbüchern), »wir waren an einen Punkt gelangt, wo wir, Elaine und ich, wie ... wie Martin Luther empfanden.«

»Wie Martin Luther?« fragte ich, nicht ohne Verwunderung.

»Du weißt doch – *Ich kann nicht anders*. Wir konnten einfach nicht anders, als zusammen nach Acapulco durchbrennen.«

Und Gandhi, dachte ich, konnte nicht anders als gegen die Unterdrückung gewaltlosen Widerstand leisten, sich einsperren und am Ende erschießen lassen.

»So standen also die Dinge«, fuhr er fort. »Wir setzten uns in ein Flugzeug und flogen nach Acapulco.«

»Endlich!«

»Was meinst du mit ›endlich‹?«

»Du hattest es dir doch schon lange überlegt, nicht wahr?«

Bob sah ärgerlich aus. Aber ich erinnerte mich an all die früheren Gelegenheiten, bei denen er mit mir über sein Problem gesprochen hatte. Sollte er – oder sollte er nicht – Elaine zu seiner Geliebten machen? (Das war seine bezaubernd altmodische Art, es zu formulieren.) Sollte er – oder sollte er nicht – Miriam um die Scheidung bitten?

Es wäre die Scheidung von der Frau, die in einem sehr konkreten Sinne geblieben war, was sie von jeher gewesen war – seine einzige Liebe. Doch in einem ebenso konkreten Sinn war auch Elaine seine einzige Liebe – und würde es noch mehr sein, wenn er sich endlich entschloß (und eben darum fiel ihm der Entschluß so schwer), »sie zu seiner Geliebten zu machen«. Sein oder Nichtsein – der Monolog hatte sich nahezu über zwei Jahre hingezogen, und wenn es nach Bob gegangen wäre, hätte es noch zehn Jahre so weitergehen können. Er mochte es, wenn seine Schwierigkeiten chronisch und überwiegend verbaler Natur waren, keinesfalls so eindeutig fleischlich, daß sie seine zweifelhafte Männlichkeit einem weiteren peinlichen Test unterwerfen könnten. Doch unter dem Eindruck seiner Beredsamkeit, des barocken Profils und des von der Zeit schneeweiß gewordenen Haars war Elaine offensichtlich einer nur chronischen und sich platonisch äußernden Problematik überdrüssig geworden. Bob sah sich einem Ultimatum gegenüber: entweder Acapulco oder ein vollständiger Bruch.

So stand es um ihn – verpflichtet und verdammt zum Ehebruch, so unwiderruflich, wie sich Gandhi verpflichtet und verdammt gefühlt hatte zum gewaltlosen Widerstand, zum Gang ins Gefängnis und zum Tod durch Mörderhand, nur vermutlich mit mehr und mit dunkleren Vorahnungen. Vorahnungen, wie sie die Ereignisse dann vollkommen gerechtfertigt hatten. Denn wenn mir auch der arme Bob nicht genau erzählte, was in Acapulco passiert war, so verriet doch der Umstand, daß Elaine sich jetzt, wie er es ausdrückte, »sonderbar benahm« und verschiedentlich in Gesellschaft dieses unsäglichen Balkanbarons zu sehen war, dessen Namen ich glücklicherweise vergessen habe, die ganze lächerliche und klägliche Geschichte. Miriam hatte sich unterdessen nicht nur geweigert, in eine Scheidung einzuwilligen, sondern hatte auch die Abwesenheit Bobs und eine Vollmacht von ihm dazu benutzt, die Ranch, die beiden Wagen, die vier Apartmenthäuser, die Eckgrundstücke in Palm Springs sowie sämtliche Wertpapiere auf sich überschreiben zu lassen. Er dagegen schuldete inzwischen dem Finanzamt dreiunddreißigtausend Dollar Einkommensteuer. Doch wenn er seinen Produzenten an diese zweihundertfünfzig Dollar mehr in der Woche erinnerte, die ihm doch schon so gut wie versprochen waren, folgte nur ein langes, beredtes Schweigen.

»Nun, wie steht es damit, Lou?«

Worauf Lou Lublin mit feierlichem Nachdruck seine Antwort gab.

»Bob«, sagte er, »in diesem Filmatelier würde in diesem Augenblick selbst Jesus Christus keine Gehaltserhöhung bekommen.«

Der Ton war freundlich. Aber als Bob hartnäckig blieb, schlug Lou mit der Faust auf den Tisch und erklärte ihm, sein Verhalten sei unamerikanisch. Damit war der Fall erledigt.

Bob fuhr fort zu reden, während ich bedachte, welch ein Motiv doch hier für ein großes religiöses Gemälde vorlag! Christus vor Lublin, wie er um eine Gehaltsaufbesserung von zweihundertfünfzig Dollar die Woche bittet, und wie ihm diese Bitte rundweg abgeschlagen wird. Ein Sujet, wie es Rembrandt geliebt hätte, als Zeichnung, Radierung, Gemälde, immer und immer wieder. Christus, wie er sich traurig abwendet, in die Dunkelheit einer unbezahlten Einkommensteuer hinein, während Lou im goldenen Scheinwerferlicht, funkelnd von Edelsteinen und metallischen Glanzlichtern und mit einem gewaltigen Turban auf dem Haupt triumphierend in sich hineinlacht im Gedanken an das, was er dem Schmerzensmann angetan hat.

Dann die Breughelsche Version des Themas. Mit einer allumfassenden Ansicht des ganzen Studios, ein Drei-Millionen-Dollar-Musical mitten bei den Dreharbeiten, mit getreuer Wiedergabe aller technischen Einzelheiten; zwei- bis dreitausend Gestalten, jede einzelne vollkommen ausgearbeitet; und in der rechten unteren Ecke würde man nach langem Suchen einen Lublin entdecken, nicht größer als eine Heuschrecke, der einen noch kleineren Christus mit Schimpf und Hohn überschüttet.

»Aber ich habe da eine phantastische Idee zu einem neuen Stoff gehabt«, sagte Bob mit dem optimistischen Enthusiasmus, der die Alternative des Verzweifelten zum Selbstmord ist. »Mein Agent ist ganz verrückt danach. Er meint, ich könnte dafür fünfzig- oder sechzigtausend Dollar bekommen.«

Er begann, mir die Story zu erzählen.

Mit meinen Gedanken noch immer bei Christus vor Lublin, stellte ich mir die Szene vor, wie sie Piero della Francesca gemalt hätte – eine Komposition von leuchtender Bestimmtheit, mit einer ausbalancierten Verteilung der Gewichte, in harmonisierenden und kontrastierenden Farbtönen. Die Figuren voll unerschütterlicher Gelassenheit. Lou und seine Regieassistenten würden ohne Ausnahme diese pharaonischen Kopfbedeckungen tragen, diese gewaltigen umgekehrten Kegelstümpfe aus weißem oder farbigem Filz, die bei Piero dem doppelten Zweck dienen, die massiv-geometrische Beschaffenheit des menschlichen Körpers und zugleich die Exotik von Orientalen zu betonen. Ungeachtet ihrer seidigen Weichheit hätten die Falten der Gewänder die Unausweichlichkeit und Präzision einer in Porphyr gemeißelten Logik; und in allem und jedem wäre die alles durchdringende Gegenwart jenes Gottes zu spüren, von dem Platon sprach und der für immer das Chaos mittels der Mathematik in die Ordnung und Schönheit der Kunst überführte.

Aber vom Parthenon und dem *Timaios* führt eine Scheinlogik zu der Tyrannei, die im *Staat* als die ideale Regierungsform ausgegeben wird. In der Politik ist das Äquivalent zu einem Lehrsatz eine durch und durch disziplinierte Armee, und das zu einem Sonett oder einem Gemälde ein Polizeistaat unter einer Diktatur. Die Marxisten nennen sich wissenschaftlich, und die Faschisten fügen demselben Anspruch einen weiteren hinzu: Sie sind die Dichter – die wissenschaftlichen Dichter – einer neuen Mythologie. Die einen wie die anderen haben mit ihrem Anspruch recht, denn beide wenden auf menschliche Situationen die zuvor im Laboratorium und im Elfenbeinturm erprobten Verfahren an. Sie simplifizieren, sie abstrahieren, sie eliminieren alles, was für ihre Zwecke ohne Belang ist, und sie ignorieren alles, was sie für unerheblich zu halten belieben. Sie verordnen einen Stil; sie nötigen die Tatsachen, eine bestimmte, bevorzugte Hypothese zu bestätigen, und sie werfen alles in den Papierkorb, was nach ihrer Meinung noch nicht den Grad der Vollkommenheit erreicht hat. Und weil sie sich somit wie gute Künstler, wie tüchtige Denker und erfahrene Experimentatoren verhalten, sind denn auch ihre Gefängnisse voll, finden politische Ketzer den Tod durch Sklavenarbeit, werden die Rechte und Neigungen des Individuums mißachtet, die Gandhis ermordet, während Hunderttausende von Lehrern und Rundfunksprechern vom Morgen bis Mitternacht die Unfehlbarkeit der Bonzen verkünden, die sich gerade an der Macht befinden.

»Schließlich sehe ich keinen Grund«, hörte ich Bob sagen, »warum ein Film kein Kunstwerk sein sollte. Nur dieser verfluchte Kommerzialismus –«

Er sprach mit dem ganzen rechtschaffenen Zorn des unbegabten Künstlers, der einen Sündenbock gefunden hat, dem er die Schuld an den bedauerlichen Folgen seiner eigenen Talentlosigkeit geben kann.

»Glaubst du, daß Gandhi sich für Kunst interessiert hat?« fragte ich.

»Gandhi? Nein, natürlich nicht.«

»Ich glaube, du hast recht«, sagte ich. »Weder für Kunst noch für die Wissenschaften. Und das ist der Grund, warum wir ihn getötet haben.«

»Wir?«

»Ja, wir. Die Intelligenten, die Aktiven, die Fortschrittlichen, die Anhänger von Ordnung und Perfektion. Während Gandhi ein Reaktionär war, der nur an Menschen glaubte. An schmutzige kleine Individuen, die sich, jedes Dorf für sich, selbst regieren, die das Brahma verehren, das zugleich der Atman ist. Es war unerträglich. Kein Wunder, daß wir ihn umgelegt haben.«

Aber in demselben Augenblick, in dem ich diese Worte sprach, überlegte ich, daß dies nicht die ganze Wahrheit sei. Denn die schloß einen inneren Widerspruch, fast einen Verrat ein. Dieser Mann, der nur an Menschen glaubte, hatte sich in den menschenunwürdigen Massenwahn des Nationalismus hineinziehen lassen und die angeblich übermenschlichen, tatsächlich aber teuflischen Institutionen des Nationalstaats akzeptiert. Er hatte sich auf diese Dinge eingelassen in der Meinung, er vermöchte den Wahnsinn alsbald wieder abzuschwächen und alles, was am Staat des Teufels war, in so etwas wie Menschlichkeit zu verwandeln. Doch der Nationalismus und die Machtpolitik hatten sich als zu mächtig für ihn erwiesen. Nicht vom Zentrum her, nicht vom Innern der Organisation aus kann der Heilige unsere staatlich kontrollierte Schizophrenie heilen, sondern nur von außen, von der Peripherie her. Sobald er sich selbst zu einem Teil des Mechanismus macht, in welchem der kollektive Wahnsinn Gestalt annimmt, tritt zwangsläufig von zwei möglichen Entwicklungen die eine oder die andere ein. Entweder er bleibt er selbst; in diesem Fall wird ihn der Apparat solange wie möglich benutzen und ihn in dem Augenblick, in dem er nutzlos geworden ist, abstoßen oder vernichten. Oder er gleicht sich dem Mechanismus an, mit dem und zugleich gegen den er kämpft, und in diesem Fall werden wir eine Heilige Inquisition und Bündnisse mit jedem Tyrannen erleben, der ihm, dem Heiligen, die ihm zukommenden Privilegien nicht streitig macht.

»Aber um auf ihren ekelhaften Kommerzialismus zurückzukommen«, fuhr Bob endlich fort, »möchte ich dir ein Beispiel nennen –«

Ich aber mußte daran denken, daß der Traum von Ordnung die Tyrannei gebiert und der Traum von Schönheit Ungeheuer und Gewalt. Athene, die Schutzgöttin der Künste, ist auch die der wissenschaftlichen Kriegführung und der himmlische Chef eines jeden Generalstabs. Wir haben Gandhi umgebracht, weil er, nachdem er eine kurze Zeit (und in tragischer Weise) das Spiel der Politik mitgespielt hatte, sich weigerte, noch länger unseren Traum von einer nationalen Ordnung zu träumen, von einer sozialen und ökonomischen Harmonie, und weil er versuchte, uns wieder an die konkreten und kosmischen Tatsachen wirklicher Menschen und des inneren Lichts heranzuführen.

Die Schlagzeilen, die ich an diesem Morgen gelesen hatte, erinnerten an Parabeln; das Ereignis, von dem sie berichteten, hatte etwas von Gleichnis und Prophezeiung. Mit diesem symbolischen Akt hatten wir, die wir uns nach Frieden sehnten, den einzig möglichen Weg zum Frieden verworfen und jedem eine Warnung erteilt, der in Zukunft eine andere Politik verfolgen könnte als die, welche unvermeidlich zum Kriege führt.

»Wenn du mit deinem Kaffee fertig bist, können wir gehen«, sagte Bob.

Wir standen auf und traten in den Sonnenschein hinaus. Bob nahm meinen Arm und drückte ihn.

»Du hast mir sehr, sehr geholfen«, beteuerte er noch einmal.

»Ich würde es nur zu gern glauben, Bob.«

»Aber es ist die reine Wahrheit.«

Vielleicht war es sogar die Wahrheit, nämlich in dem Sinne, daß es ihm wohltat, seine Schwierigkeiten vor einem anteilnehmenden Publikum auszubreiten. Er fühlte sich dann den Romantikern näher.

Eine Weile gingen wir schweigend nebeneinander her – an den Vorführräumen vorbei, zwischen den Reihen der pompösbizarren Bungalows der leitenden Angestellten hindurch. Über der Tür des größten Bungalows war eine Bronzetafel mit der Inschrift LOU LUBLIN PRODUCTIONS angebracht.

»Wie steht es mit der Gehaltserhöhung?« fragte ich. »Sollen wir hineingehen und einen neuen Versuch machen?«

Aber Bob ließ nur ein zaghaftes kurzes Lachen hören, und darauf folgte wieder Schweigen. Als er schließlich sprach, klang es nachdenklich.

»Zu traurig, das mit dem alten Gandhi«, sagte er. »Ich

glaube, sein großes Geheimnis war, daß er nichts für sich selbst gewollt hat.«

»Ja, ich glaube, das war eines seiner Geheimnisse.«

»Ich wünsche bei Gott, daß ich nicht so begehrlich wäre.«

»Ich auch«, pflichtete ich ihm voller Überzeugung bei.

»Und wenn man am Ende bekommt, was man sich gewünscht hat, dann ist es immer anders, als man es sich vorgestellt hatte.«

Bob seufzte und verfiel wieder in Schweigen. Gewiß dachte er jetzt an Acapulco und an die furchtbare Notwendigkeit, vom Chronischen zum Akuten überzugehen und vom Unbestimmt-Verbalen zum nur allzu bestimmten und konkreten Fleischlichen.

Wir ließen die Direktorenbungalows hinter uns, überquerten einen Parkplatz und betraten eine Straßenschlucht, die von Tonfilmateliers gesäumt war. Ein Traktor fuhr an uns vorbei; auf dem niedrigen Anhänger stand die untere Hälfte des Westportals einer italienischen Kathedrale aus dem 13. Jahrhundert.

»Das ist für ›Katharina von Siena‹.«

»Was ist das?«

»Hedda Boddys neuester Film. Ich habe vor zwei Jahren an dem Drehbuch gearbeitet. Dann bekam es Streicher. Anschließend wurde es von dem O'Toole-Menendez-Boguslavsky-Team völlig überarbeitet. Es ist miserabel geworden.«

Ein zweiter Anhänger ratterte an uns vorüber, der die obere Hälfte des Portals und eine Kanzel von Niccolò Pisano transportierte.

»Wenn man es sich überlegt«, sagte ich, »ist sie in vieler Hinsicht Gandhi sehr ähnlich.«

»Wer? Hedda?«

»Nein, Katharina.«

»Ach so. Ich dachte, du sprichst von dem Lendenschurz.«

»Ich meine die Heiligen in der Politik«, sagte ich. »Man hat Katharina zwar nicht gelyncht, aber nur deshalb, weil sie zu jung gestorben ist. Die Konsequenzen ihrer Politik hatten sich noch nicht zeigen können. Gehst du in deinem Drehbuch auf diese Dinge ein?«

Bob schüttelte den Kopf.

»Es wäre zu traurig«, sagte er. »Das Publikum will seine Stars erfolgreich sehen. Außerdem: Wie kann man über Kirchenpolitik sprechen? Es würde bestimmt antikatholisch und leicht auch noch unamerikanisch werden. Nein, wir gehen kein Risiko ein – wir konzentrieren uns auf den jungen Mann, dem sie ihre Briefe diktierte. Er ist leidenschaftlich verliebt – aber alles ist sehr spirituell und sublimiert, und nach ihrem Tod wird er Einsiedler und betet vor ihrem Bild. Dann gibt es da noch einen anderen jungen Mann, der ihr gegenüber zudringlich wurde. Es steht in ihren Briefen. Da holen wir natürlich alles raus. Die haben noch immer die Hoffnung, Humphrey engagieren zu können ...«

Lautes Hupen ließ uns zusammenfahren.

»Vorsicht!«

Bob packte mich am Arm und zog mich zur Seite. Aus dem Hof hinter dem Archiv für Drehbücher kam ein Zweitonner auf die Straße.

»Können Sie nicht aufpassen?« brüllte der Fahrer im Vorbeifahren.

»Idiot!« brüllte Bob zurück. Dann wandte er sich an mich. »Hast du die Ladung gesehen?« fragte er. »Drehbücher.« Er schüttelte den Kopf. »Die kommen in die Verbrennungsanlage. Wohin sie auch gehören. Literatur im Wert von einer Million Dollar.«

Aus seinem Lachen klang pathetische Bitterkeit.

Nach etwa zwanzig Metern bog der Lastwagen scharf rechts ein. Er mußte wohl mit überhöhter Geschwindigkeit gefahren sein, denn ein gutes halbes Dutzend der zuoberst liegenden Manuskripte wurde zentrifugal auf die Straße geschleudert. Gleich Gefangenen der Inquisition, dachte ich, die auf dem Weg zum Scheiterhaufen wie durch ein Wunder entkommen.

»Der Mann kann ja nicht fahren«, schimpfte Bob. »Wenn er so weitermacht, bringt er noch mal jemanden um.«

»Aber bis es soweit kommt, wollen wir mal sehen, wer sich da gerettet hat.«

Ich hob das mir zunächst liegende Skript auf.

»›Ein Mädchen ist so gut wie ein Mann‹, Drehbuch von Albertine Krebs.« Bob erinnerte sich daran. Es war hundsmiserabel.

»Aber was ist mit ›Amanda‹?« fragte ich und blätterte die

15

ersten Seiten durch. »Es muß wohl ein Musical sein. Hier kommen Verse vor:

Amelia braucht etwas zu essen,
Amanda ist auf einen Mann versessen –«

Bob wollte mich nicht weiterlesen lassen.

»Hör auf, ich bitte dich! Es hat vier und eine halbe Million während der Ardennenschlacht eingespielt.«

Ich ließ »Amanda« fallen und hob ein anderes der Drehbücher auf, die da aufgeschlagen herumlagen. Mir fiel auf, daß es nicht in das sonst im Filmstudio übliche Rot, sondern in Grün gebunden war.

»›Affe und Wesen‹«, las ich vom Buchdeckel ab. Der Titel war mit der Hand geschrieben.

»›Affe und Wesen‹?« wiederholte Bob fragend und ein wenig überrascht.

Ich schlug das Vorsatzblatt auf.

»›Original-Treatment von William Tallis, Cottonwood Ranch, Murcia, Kalifornien.‹ Und hier steht eine Bleistiftnotiz. ›Ablehnungsbescheid am 11. 6. 47 abgegangen. Da kein frankierter Umschlag mitgesandt, Verbrennungsanlage‹ – dies zweimal unterstrichen.«

»Sie bekommen Tausende von solchen Manuskripten«, erklärte Bob.

Ich blätterte indessen weiter in dem Manuskript.

»Schon wieder Verse.«

»Um Himmels willen!« sagte Bob angewidert.

»›Das liegt doch auf der Hand‹«, begann ich vorzulesen:

»Das liegt doch auf der Hand.
Weiß es nicht jeder Schuljunge?
Das Ziel bestimmt der Affe; nur den Weg wählt der
    Mensch.
Babuins Kuppler, Schatzmeister der Paviane,
Eilt die Vernunft herbei, eifrig bedacht
    zu ratifizieren;
Kommt, eine Vogelscheuche mit der Philosophie und
    schmeichelt Tyrannen;
Kommt, ein Kuppler für Preußen, mit Hegels
    Patentgeschichte;

Kommt, mit der Medizin, mit dem Aphrodisiakum
   des Affenkönigs;
Kommt, mit Reimen und Rhetorik, um ihm seine
   Reden zu schreiben;
Kommt, mit ballistischen Berechnungen, um die
   Raketen in Stellung zu bringen
Genau auf das Waisenhaus jenseits des Atlantiks
   gerichtet;
Kommt, nachdem das Ziel anvisiert, mit Weihrauch
   für Unsere Liebe Frau,
Sie inständig um einen Volltreffer zu bitten.‹«

In dem Schweigen, das darauf folgte, blickten wir uns fragend
an.

»Was hältst du davon?« wollte Bob schließlich wissen.

Ich zuckte nur die Achseln. Ich wußte es auch nicht.

»Wirf es jedenfalls nicht weg«, sagte er. »Ich möchte gern
sehen, wie es weitergeht.«

Wir setzten unseren Weg wieder fort, bogen noch einmal um
eine Ecke, und da lag nun, ein Franziskaner-Kloster inmitten
von Palmen, das Haus der Autoren.

»Tallis«, sagte Bob vor sich hin, als wir eintraten, »William
Tallis ...« Kopfschüttelnd stellte er fest: »Nie von ihm gehört.
Übrigens, wo liegt Murcia?«

Diese Frage konnten wir uns am folgenden Sonntag beant-
worten. Da wußten wir es nicht nur theoretisch, wo auf der
Landkarte es zu finden ist, sondern aus eigener Erfahrung, als
wir, mit hundertdreißig Kilometern in der Stunde, in Bobs (genauer gesagt, in Miriams) Buick-Kabriolett hinausfuhren.
Murcia, Kalifornien, bestand aus zwei roten Zapfsäulen und
einer sehr kleinen Lebensmittelhandlung und lag am Südwest-
rand der Mojavewüste.

Zwei Tage zuvor war eine lange Dürreperiode zu Ende gegangen. Der Himmel war noch bedeckt, und vom Westen
wehte stetig ein kalter Wind. Unter dem schieferfarbenen Wol-
kendach stand das Gebirge von San Gabriel geisterhaft weiß im
frisch gefallenen Schnee. Aber nach Norden zu, weit draußen
in der Wüste, schien die Sonne und bildete einen langen schmalen Streifen goldenen Lichts. Um uns herum waren die weichen

17

satten Grau- und Silbertöne, das blasse Gold und Rostbraun der Wüstenvegetation – Beifuß, Eselsstrauch, Büschelgras und Buchweizen und hier und da ein sonderbar gestikulierender Baum, eine Agavenart, mit rauher Borke oder trockenen Dornen überzogen und am Ende seiner durch manche Ellbogen gegliederten Arme mit dicken Büscheln grüner, metallischer Stacheln bewehrt: der Josua-Baum.

Der alte schwerhörige Mann, dem wir unsere Fragen brüllend stellen mußten, verstand endlich, wovon wir sprachen. Die Cottonwood Ranch – selbstverständlich kannte er sie. Da den Weg entlang, eine Meile weiter in Richtung Süden, dann nach Westen abbiegen und dem Bewässerungsgraben eine dreiviertel Meile weit folgen. Da war es. Der Mann wollte uns noch mehr über die Ranch erzählen, aber Bob hatte nicht die Geduld, ihm zuzuhören. Er warf den Motor an, und wir fuhren los.

Die Pappeln und Weiden längs des Bewässerungsgrabens waren inmitten dieser rauhen, ja asketischen Wüstenflora gleichsam Exoten, die sich, zäh und gefährdet, an eine andere, leichtere und üppigere Daseinsform klammerten. Jetzt trugen sie kein Laub. Weiß vor dem Hintergrund des Himmels, waren sie nur Baumskelette; aber man konnte sich vorstellen, wie kräftig in drei Monaten unter den Strahlen einer glühenden, von keiner Wolke verhüllten Sonne das Grün der jungen Blätter sein würde.

Der Wagen, von Bob zu schnell gefahren, krachte schwer in eine unvermutete Bodensenke. Bob fluchte.

»Wie jemand, der bei klarem Verstand ist, darauf verfallen kann, am Ende einer solchen Straße zu wohnen, ist mir unbegreiflich.«

»Vielleicht fährt er auf ihr nicht mit diesem Tempo«, wagte ich anzudeuten.

Bob würdigte mich keines Blickes. Mit unverminderter Geschwindigkeit ging es weiter. Ich versuchte, mich auf die Aussicht zu konzentrieren.

Dort draußen hatte auf dem Boden der Wüste eine geräuschlose, und doch fast explosive Verwandlung stattgefunden. Die Wolken hatten sich verzogen, und die Sonne schien jetzt auf die vordersten steilen und schroffen Kuppen, die rätselhaft, gleich Inseln, aus der unendlichen Ebene aufragten. Noch einen Augenblick zuvor waren sie schwarz und wie erloschen gewesen. Nun waren sie plötzlich zu Leben erwacht; zwischen einem schattigen Vordergrund und einem Hintergrund von wolkiger Dunkelheit leuchteten sie, als glühten sie innen.

Ich berührte Bob am Arm und wies auf das Panorama.

»Verstehst du jetzt, warum Tallis sich entschlossen hat, am Ende dieses Weges zu wohnen?«

Er blickte kurz auf, fuhr um einen gestürzten Josua-Baum herum, blickte noch einmal für den Bruchteil einer Sekunde auf das Naturschauspiel und wandte dann seine ganze Aufmerksamkeit wieder der Straße zu.

»Es erinnert mich an diese Radierung von Goya – du weißt, welche ich meine. Die Frau, die auf einem Hengst reitet, und das Tier wendet den Kopf nach ihr und hat ihr Kleid zwischen den Zähnen – als wolle es die Frau herabziehen, als wolle es ihr die Kleider vom Leibe reißen. Aber sie lacht wie eine Verrückte in lustvoller Raserei. Und im Hintergrund ist eine Ebene, aus der ganz wie hier spitze Kuppen ragen. Nur wenn du dir Goyas Bergkuppen genauer ansiehst, dann stellst du fest, daß es in Wirklichkeit kauernde Tiere sind, halb Ratten, halb Eidechsen, aber groß wie Berge. Ich habe einmal eine Reproduktion davon für Elaine gekauft.«

Aber Elaine, dachte ich, während wir schwiegen, Elaine hatte den Wink nicht verstanden. Sie hatte dem Hengst erlaubt, sie zu Boden zu ziehen; sie hatte dort gelegen und ihr Lachen nicht beherrschen können, während die großen Zähne an ihrem Hemdchen rissen, ihren Rock zerfetzten und mit einer schrecklichen, aber köstlichen Drohung, die eine prickelnde Erwartung von Schmerz auslöste, auf der zarten nackten Haut grasten. Und dann waren in Acapulco diese riesigen Ratten-Eidechsen aus ihrem steinernen Schlaf erwacht, und auf einmal hatte sich der arme Bob selbst umringt gefunden – nicht von reizend schmachtenden Grazien, nicht von einer Schar lachender Amoretten mit rosigem Hintern, sondern von Ungeheuern.

Wir hatten indessen unser Ziel erreicht. Hinter den Bäumen,

19

die den Graben säumten, erschien ein weißes Fachwerkhaus. Es stand unter einer gewaltigen Pappel und war auf der einen Seite von einer Windmühle, auf der anderen von einer Wellblechscheune gerahmt. Das Gartentor war geschlossen. Bob hielt an, und wir stiegen aus. Ein weißes Brett war an dem Türpfosten befestigt, auf das eine ungeübte Hand eine lange Inschrift in zinnoberroter Farbe gemalt hatte.

Des Blutegels Kuß, des zehnfüßigen Tintenfisches
   Umarmung,
Des geilen Affen schmutzige Berührung:
Und lieben Sie vielleicht das menschliche Geschlecht?
Nein, nicht eben sehr!
DAMIT SIND SIE GEMEINT,
BLEIBEN SIE DRAUSSEN!

»Da haben wir also ganz offenbar die richtige Adresse gefunden«, sagte ich.

Bob nickte. Wir öffneten das Gittertor, überquerten einen weiten kahlen Platz und klopften an die Haustür. Sie öffnete sich fast im selben Augenblick, und wir standen vor einer beleibten älteren Frau mit Brille, die über einem geblümten blauen Baumwollkleid eine abgetragene rote Jacke trug. Sie empfing uns mit freundlichem Lächeln.

»Eine Panne, habe ich recht?« fragte sie.

Wir verneinten mit einem Kopfschütteln, und Bob erklärte ihr, daß wir gekommen waren, um Mr. Tallis zu besuchen.

»Mr. Tallis?«

Das Lächeln schwand aus ihrem Gesicht. »Haben Sie es nicht gewußt? Mr. Tallis ist vor sechs Wochen hinübergegangen.«

»Meinen Sie, er ist gestorben?«

»Hinübergegangen«, beharrte sie und begann dann mit ihrer Geschichte.

Wir erfuhren, daß Mr. Tallis das Haus auf ein Jahr gemietet hatte. Sie selbst war mit ihrem Mann in das kleine alte Haus hinter der Scheune gezogen. Die Toilette befand sich dort zwar im Freien, aber daran waren sie noch von North Dakota her gewöhnt, und glücklicherweise hatten sie einen warmen Winter gehabt. Jedenfalls hatten sie gern das Geld genommen, bei den Preisen heutzutage. Und Mr. Tallis hätte nicht netter sein können, wenn man einmal begriffen hatte, daß er gern für sich allein blieb.

»Ich nehme an, daß er dieses Schild am Gartentor angebracht hat?«

Die Frau nickte und meinte, das habe er doch ganz schlau gemacht; sie wollte es dort lassen.

»War er lange krank?« fragte ich.

»Er war überhaupt nicht krank«, antwortete sie. »Auch wenn er stets über Herzbeschwerden geklagt hat.«

Darum war er denn auch hinübergegangen. Im Badezimmer. Dort hatte sie ihn eines Morgens gefunden, als sie ihm seinen Liter Milch und ein Dutzend Eier aus dem Laden brachte. Er mußte die ganze Nacht dort gelegen haben. Es war der Schock ihres Lebens gewesen. Und dann diese Aufregung, weil man nichts von irgendwelchen Angehörigen wußte! Man rief den Arzt, dann den Sheriff. Man brauchte einen Gerichtsbeschluß, bevor der arme Mann überhaupt begraben werden durfte, ganz zu schweigen von der Einbalsamierung. Schließlich mußten all seine Bücher, Papiere und Sachen in Kisten gepackt und versiegelt werden und dann irgendwo in Los Angeles eingestellt, für den Fall, daß es doch einen Erben gab. Nun, jetzt war sie mit ihrem Mann wieder in ihrem Haus, und sie hatte eigentlich ein schlechtes Gefühl dabei, weil Mr. Tallis noch vier Monate Miete gut hatte, denn er hatte im voraus bezahlt. In einer Hinsicht war sie natürlich auch dankbar, jetzt, wo Regen und Schnee gekommen waren – weil hier die Toilette im Hause und nicht außerhalb war wie bei der Hütte hinter der Scheune.

Sie schwieg, um Atem zu holen. Ich wechselte einen Blick mit Bob.

»Also unter diesen Umständen«, begann ich, »ist es wohl das beste, wenn wir wieder gehen.«

Doch davon wollte die alte Dame nichts hören.

»Kommen Sie doch herein«, forderte sie uns auf.

Nach kurzem Zögern nahmen wir ihre Einladung an und folgten ihr durch einen kleinen Vorraum ins Wohnzimmer. In einer Ecke brannte ein Ölofen; es war heiß, und ein Geruch von Gebratenem und von Windeln füllte fast zum Greifen den Raum. Am Fenster saß ein kleiner alter Mann im Schaukelstuhl und las die Comics-Beilage der Sonntagszeitung. Er sah wie ein Kobold aus. Neben ihm hielt ein blasses junges Mädchen – sie konnte höchstens siebzehn Jahre alt sein – mit abwesender Miene ein Baby im Arm, während sie sich mit der freien Hand ihre rosa Bluse zuknöpfte. Das Kind stieß auf; in seinem Mundwinkel erschien eine Milchblase. Die junge Mutter ließ den obersten Blusenknopf offen und wischte zärtlich das schmollende Mündchen ab.

Aus dem Nebenzimmer kam durch die offene Tür der Gesang einer jugendlichen Sopranstimme, von einer Gitarre begleitet: »Die Stunde ist gekommen.«

»Mein Mann«, stellte indessen die alte Dame vor. »Mr. Coulton.«

»Freut mich, Sie kennenzulernen«, sagte der Kobold, ohne von seinen Comics aufzublicken.

»Und das ist unsere Enkelin Katie. Sie hat im vorigen Jahr geheiratet.«

»Das sehe ich«, sagte Bob und verbeugte sich vor der jungen Frau mit dem bezaubernden Lächeln, für das er berühmt war.

Katie sah ihn an, wie man ein Möbelstück ansehen mag. Dann machte sie den obersten Knopf zu und begann, die steile Treppe zum oberen Stockwerk hinaufzugehen.

»Und diese beiden Herren«, fuhr Mrs. Coulton fort, indem sie auf Bob und mich zeigte, »sind zwei Freunde von Mr. Tallis.«

Wir erklärten, daß wir nicht eigentlich seine Freunde seien. Alles, was wir von Mr. Tallis kannten, sei seine Arbeit. Die aber habe uns so sehr interessiert, daß wir hergekommen seien in der Hoffnung, ihn kennenzulernen – und statt dessen mußten wir nun die tragische Nachricht von seinem Tode erfahren.

Jetzt blickte Mr. Coulton von seiner Zeitung auf.

»Sechsundsechzig«, sagte er. »Älter ist er nicht geworden! Ich bin zweiundsiebzig. Zweiundsiebzig im Oktober vorigen Jahres.«

Er ließ ein kurzes triumphierendes Lachen hören, als habe er einen Punktsieg über einen Mitbewerber erreicht, und wandte sich darauf wieder seinen Comics zu: Flash Gordon, dem Unverwundbaren, dem Unsterblichen, dem ewigen fahrenden

Ritter und Verehrer der Frauen – nicht, wie sie leider in Wirklichkeit sind, sondern so, wie sie nach den idealen Vorstellungen der Büstenhalter-Industrie sein sollten.

»Ich habe zufällig zu Gesicht bekommen, was Mr. Tallis an unser Filmstudio geschickt hat«, sagte Bob.

Wieder blickte der Kobold von seiner Zeitung auf.

»Sie sind beim Film?« fragte er.

Bob bestritt es nicht.

Im Nebenzimmer brach plötzlich mitten in einer Phrase die Musik ab.

»Eins von diesen hohen Tieren?« fragte Mr. Coulton voller Interesse.

Mit seiner charmantesten falschen Bescheidenheit versicherte ihm Bob, daß er nur ein Autor sei, der auch gelegentlich einmal ein bißchen Regie führe.

Der Kobold nickte bedächtig.

»Ich lese da gerade in der Zeitung, daß dieser Goldwyn gesagt hat, alle die Großverdiener müßten sich auf eine Gehaltskürzung von fünfzig Prozent gefaßt machen.«

In seinen Augen blitzte es schadenfroh, und wieder stieß er sein triumphierendes kleines Gelächter aus. Doch schon wandte er sich, als habe er jäh jedes Interesse an den Realitäten verloren, von neuem seinen Mythen zu.

Christus vor Lublin! Ich bemühte mich, das schmerzliche Thema zu wechseln, und fragte Mrs. Coulton, ob sie gewußt habe, daß sich Mr. Tallis für den Film interessierte. Aber im selben Augenblick wurde ihre Aufmerksamkeit von Schritten im Nebenzimmer abgelenkt.

Ich wandte den Kopf. Im Türrahmen stand, im schwarzen Pullover zum schottisch karierten Rock – ja, wer denn? Lady Hamilton mit sechzehn, Ninon de Lenclos, als sie ihre Unschuld an Coligny verlor, *la petite* Morphilany, Anna Karenina, als sie noch zur Schule ging.

»Das ist Rosie«, sagte Mrs. Coulton voller Stolz, »unsere zweite Enkelin. Sie nimmt Gesangunterricht«, vertraute sie Bob an. »Sie möchte zum Film gehen.«

»Nein, wie interessant!« Begeistert erhob sich Bob und reichte der künftigen Lady Hamilton die Hand.

»Vielleicht können Sie ihr ein paar Ratschläge geben«, sagte die in ihr Enkelkind vernarrte Großmutter.

»Aber mit Vergnügen . . .«

»Hol dir einen Stuhl, Rosie.«

Das junge Mädchen hob die Augenlider und streifte Bob mit einem kurzen, aber aufmerksamen Blick. »Oder würde es Ihnen etwas ausmachen, in der Küche zu sitzen?« fragte sie.

»Nicht im geringsten!«

Sie verschwanden im Nebenzimmer. Ich sah aus dem Fenster und stellte fest, daß die Bergkuppen wieder im Schatten lagen. Die Ratten-Eidechsen hatten die Augen geschlossen und stellten sich tot – aber nur, damit ihre Opfer sich in einem trügerischen Gefühl von Sicherheit wiegten.

»Das ist mehr als Glück«, sagte Mrs. Coulton. »Es ist das Werk der Vorsehung. Ein Großer vom Filmgeschäft kommt zu uns, gerade als Rosie eine leitende Hand braucht!«

»Gerade als auch die Filmindustrie, wie vorher die Music-Halls, vor dem Zusammenbruch steht«, bemerkte der Kobold, ohne von seiner Zeitung aufzusehen.

»Wie kommst du dazu, so etwas zu behaupten?«

»Das behaupte nicht ich«, antwortete der alte Mann. »Dieser Goldwyn sagt es.«

Von der Küche her kam ein überraschend kindliches Lachen. Bob machte offensichtlich gute Fortschritte. Ich sah bereits einen weiteren Ausflug nach Acapulco voraus, nur mit noch katastrophaleren Folgen als beim ersten.

Als die arglose Kupplerin lächelte Mrs. Coulton vor Vergnügen.

»Ich mag Ihren Freund gern«, sagte sie. »Er kann es gut mit Kindern. Nichts Steifes oder Aufgeblasenes.«

Ich nahm den stillschweigend damit ausgesprochenen Vorwurf kommentarlos hin und fragte sie wieder, ob sie etwas von Mr. Tallis' Interesse für den Film gewußt habe.

Sie nickte. Doch, er habe ihr gesagt, daß er etwas an ein Filmatelier geschickt habe. Er wollte etwas Geld verdienen. Nicht für sich selbst. Zwar hatte er das meiste von seinem einstigen Besitz verloren, aber es war ihm noch soviel übriggeblieben, daß er davon leben konnte. Nein, er brauchte etwas zusätzliches Geld, um es nach Europa zu senden. Er hatte vor langer Zeit – es war noch vor dem Ersten Weltkrieg gewesen – eine Deutsche geheiratet. Die Ehe war später geschieden worden, und die Frau war mit dem Kind in Deutschland geblieben. Aber jetzt lebte nur noch eine Enkelin von ihm. Mr. Tallis hatte sie nach Amerika holen wollen, aber die da oben in Washington hatten es ihm nicht erlaubt. So war ihm nur die zweitbeste Lösung geblieben, nämlich dem Mädchen Geld zu schicken, damit es ordentlich zu essen hatte und seine Ausbildung beenden konnte. Allein deswegen hatte er diese Sache für den Film geschrieben.

Bei dem Bericht der Frau erinnerte ich mich plötzlich einer Stelle aus Tallis' Drehbuch – von Kindern im Nachkriegs-Europa, die sich für eine Tafel Schokolade prostituieren. Vielleicht war auch seine Enkelin eines dieser Kinder gewesen? »Ich *give you* Schokolade, du *give me* Liebe. *Understand*?« Und nur zu gut verstanden sie. Eine Tafel Hershey-Schokolade jetzt, zwei danach.

»Was war aus seiner Frau geworden?« fragte ich. »Und aus den Eltern seiner Enkelin?«

»Sie sind hinübergegangen«, erklärte Mrs. Coulton. »Ich glaube, sie waren jüdisch oder so etwas.«

»Wissen Sie«, sagte der Kobold auf einmal, »ich habe gar nichts gegen die Juden. Aber trotzdem . . .« Er zögerte. »Vielleicht war Hitler doch nicht ganz so dumm.«

Diesmal wandte er, soviel ich erkennen konnte, seine Aufmerksamkeit den Katzenjammer Kids zu.

Wieder drang kindliches Gelächter aus der Küche herüber. Das Lachen der sechzehnjährigen Lady Hamilton klang wie das einer ungefähr Elfjährigen. Und doch – wie erwachsen, wie technisch perfekt war der Blick gewesen, mit dem sie Bob begrüßt hatte! Das Beunruhigendste an Rosie war, daß sie zugleich unschuldig und wissend war, eine berechnende Abenteurerin und ein kleines Schulmädchen mit Zöpfen.

»Er hat ein zweites Mal geheiratet«, fuhr die alte Frau fort, ohne auf das Gekicher noch auf die antisemitische Bemerkung zu achten. »Eine vom Theater. Er hat mir auch den Namen genannt, aber ich habe ihn wieder vergessen. Jedenfalls hat die

Ehe nicht lange gedauert. Sie ist ihm mit einem anderen davongelaufen. Ich finde, es ist ihm recht geschehen, wenn man bedenkt, daß er sich mit ihr eingelassen hat, als er noch seine Frau in Deutschland hatte. Ich halte nichts von all diesen Scheidungen, um den Mann einer anderen zu heiraten.«

Während des Schweigens, das ihren Worten folgte, erfand ich eine ganze Biographie für diesen Mann, den ich nie gesehen hatte. Der junge Neuengländer aus guter Familie. Sorgfältig, aber nicht pedantisch erzogen. Natürlich begabt, doch nicht so überwältigend, daß er den Wunsch verspürt hätte, ein Leben der Muße einzutauschen für die Mühen professioneller Schriftstellerei. Von der Harvard-Universität war er nach Europa gegangen, hatte dort ein anregendes Leben geführt und überall die interessantesten Leute kennengelernt. Doch dann hatte er sich – ich war überzeugt, es geschah in München – verliebt. Ich stellte mir das Mädchen vor. Es trug Reformkleider und war die Tochter irgendeines prominenten Künstlers oder Mäzens. Eines dieser fast körperlosen, ätherischen Wesen, Produkt wilhelminischen Wohlstands und seiner Kultur – ein Wesen, zugleich unbestimmt und doch voll innerer Anspannung, auf faszinierende Weise unberechenbar und aufreizend idealistisch, *tief* und deutsch, um es mit einem Wort zu sagen. In sie hatte sich Tallis verliebt, hatte sie geheiratet und mit ihr, trotz ihrer Frigidität, ein Kind gezeugt. Aber er war fast erstickt an der häuslichen Atmosphäre, deren Gefühlsbeladenheit erdrückend war. Wie erfrischend und gesund war ihm da vergleichsweise die Pariser Luft erschienen und ebenso die Ausstrahlung jener jungen Schauspielerin vom Broadway, die er in Paris, wo sie einen Urlaub verbrachte, kennenlernte.

> La belle Américaine
> Qui rend les hommes fous,
> Dans deux ou trois semaines
> Partira pour Corfou.

Aber diese Amerikanerin fuhr keineswegs nach Korfu – oder wenn, dann in Begleitung von Tallis. Sie war nicht frigide, so wenig wie ätherisch, war weder unbestimmt noch voll innerer Anspannung, war weder tief noch seelenvoll und überhaupt kein Kunstsnob. Sie war leider ein bißchen ein Flittchen. Und aus dem Bißchen wurde im Lauf der Jahre immer mehr, und als er sich von ihr scheiden ließ, da war es schon die ganze Person geworden.

Wenn er aus der Perspektive des Jahres 1947 zurückblickte, konnte der von meiner Phantasie geschaffene Tallis genau erkennen, was er eigentlich getan hatte: Um eines physischen Vergnügens und der Erregung und Befriedigung einer erotischen Laune willen hatte er seine Frau und seine Tochter zum Tode von der Hand Wahnsinniger verurteilt und seine Enkelin zu den Zärtlichkeiten von Soldaten oder Schwarzhändlern mit Taschen voll Süßigkeiten oder einer Einladung zu einem anständigen Essen.

Aber das waren romantische Gedankenspiele. Ich wandte mich wieder Mrs. Coulton zu.

»Schade, daß ich ihn nicht mehr kennengelernt habe«, sagte ich.

»Er würde Ihnen gefallen haben«, beteuerte sie. »Wir alle mochten Mr. Tallis gern. Ich will Ihnen was verraten. Jedesmal, wenn ich zu meinem Bridge-Club nach Lancaster fahre, gehe ich auf den Friedhof, um ihm einen Besuch zu machen.«

»Und ich könnte schwören, er hat was dagegen«, bemerkte der Kobold.

»Aber Elmer!« entrüstete sich seine Frau.

»Ich habe es ihn doch selbst sagen hören«, behauptete Mr. Coulton unbeirrt. »Wieder und wieder. ›Wenn ich hier sterben sollte‹, sagte er, ›dann will ich draußen, in der Wüste, begraben werden.‹«

»Genau das steht auch in seinem Drehbuch, das er uns ins Studio geschickt hat«, sagte ich.

»Tatsächlich?« fragte Mrs. Coulton in einem Ton, dem man ihre Skepsis anhörte.

»Ja. Er beschreibt sogar die Stelle, an der er begraben werden wollte. Das Grab sollte ganz für sich sein, unter einem Josua-Baum.«

»Da hätte ich ihm sagen können, daß das nicht erlaubt ist«, ließ sich der Kobold hören. »Nicht, seitdem die Bestattungslobby das Gesetz in Sacramento durchgepaukt hat. Ich weiß von einem Mann, der nach zwanzig Jahren da draußen, hinter den Kuppen, wieder ausgegraben werden mußte.« Er zeigte in die Richtung der Saurier-Ratten à la Goya. »Bis alles erledigt war, kostete es seinen Neffen dreihundert Dollar.«

Bei der bloßen Erinnerung kam ihn das Lachen an.

»Ich möchte jedenfalls nicht in der Wüste begraben werden«, erklärte seine Frau mit aller Entschiedenheit.

»Und warum nicht?«

»Es wäre mir zu einsam«, sagte sie. »Ich fände es gräßlich.«

Während ich mir überlegte, wie ich die Unterhaltung fortführen könnte, kam die blasse junge Mutter mit den Windeln in der Hand die Treppe herunter. Einen Augenblick machte sie halt und warf einen Blick in die Küche.

»Hör mal, Rosie«, sagte sie ärgerlich, die Stimme senkend, »zur Abwechslung könntest du wieder einmal etwas arbeiten.«

Dann wandte sie sich ab und ging in die Diele, wo eine geöffnete Tür die modernen Annehmlichkeiten der erwähnten Toilette im Hause erkennen ließ.

»Er hat wieder Durchfall«, sagte sie verdrießlich, als sie an ihrer Großmutter vorbeikam.

Mit geröteten Wangen und vor Erregung glänzenden Augen tauchte die zukünftige Lady Hamilton aus der Küche auf. Hinter ihr erschien im Türrahmen der zukünftige Hamilton und stellte sich bereits vor, wie er die Rolle Lord Nelsons spielen wollte.

»Großmama«, verkündete das junge Mädchen, »Mr. Briggs meinte, er könnte es ermöglichen, daß von mir eine Probeaufnahme gemacht wird.«

Der Idiot! Ich stand auf.

»Zeit, daß wir gehen, Bob«, sagte ich und wußte doch, daß es schon zu spät war.

Durch die halbgeöffnete Tür des Badezimmers drang das glucksende Geräusch vom Windelwaschen über der Klosettschüssel.

»Kannst du hören?« flüsterte ich Bob zu, als wir vorbeikamen.

»Was soll ich hören?« fragte er.

Ich zuckte die Achseln. Sie haben Ohren und hören nicht.

Nun, näher als bis hier sind wir Tallis, als Mensch von Fleisch und Blut, nie gekommen. Aber im folgenden kann sich der Leser ein Bild von Tallis' innerer Verfassung machen. Ich drucke den Text von »Affe und Wesen« ab, wie ich ihn vorgefunden habe, ohne Änderungen und ohne Kommentar.

II
Das Drehbuch

Titel, Vorspann und schließlich, von Trompetenstößen und einem Chor jubilierender Engel begleitet, der Name des *Produzenten.*

Dann ändert die Musik ihren Charakter. Hätte Debussy sie noch komponieren können, wie erlesen, wie aristokratisch wäre sie geworden, unbefleckt von wagnerischer Laszivität und Pathetik oder straussischer Vulgarität! Denn auf der Leinwand (in etwas Besserem als Technicolor) ist es gerade die Stunde vor Sonnenaufgang. Noch zögert die Nacht in der Dunkelheit einer fast glatten See. Aber vom Horizont steigt eine transparente Helligkeit, deren Grün in ein sich immer mehr vertiefendes Blau übergeht, bis zum Zenit empor. Im Osten sieht man noch den Morgenstern.

Sprecher

Unsägliche Schönheit, geheimnisvoller Friede ...
Aber, ach, auf unserer Leinwand
Wird dieses Sinnbild eines Sinnbilds
Vermutlich so aussehen
Wie eine Illustration
Zu einem Gedicht von Ella
Wheeler Wilcox.
Aus dem Erhabenen in der Natur
Macht die Kunst nur allzu oft
Etwas schlechthin Lächerliches.
Aber dieses Risiko muß man in Kauf nehmen.
Denn Sie da unten im Saal
Müssen irgendwie um jeden Preis,

Wilcox hin, Wilcox her,
Erinnert werden,
Dazu überredet, sich zu erinnern,
Dazu beschworen zu begreifen,
Worum es geht.

Noch während der Worte des Sprechers blenden wir von unserem Sinnbild eines Sinnbilds der Ewigkeit über ins Innere eines bis auf den letzten Platz gefüllten Filmpalastes. Es wird in dem halbdunklen Saal ein wenig heller, und plötzlich erkennen wir, daß das Publikum ohne Ausnahme aus gutgekleideten Pavianen beiderlei Geschlechts und jeder Altersstufe, vom Jungen bis zum Greis, besteht.

Sprecher

... Doch der Mensch, der stolze Mensch,
In kleine, kurze Majestät gekleidet,
Vergessend, was am mindsten zu bezweifeln,
Sein gläsern Element ... wie zorn'ge Affen,
Spielt solchen Wahnsinn gaukelnd vor dem Himmel,
Daß Engel weinen ...

Schnitt auf die Bildwand, auf welche die Affen wie gebannt starren. In einer Szenerie, wie sie nur Semiramis oder die Metro-Goldwyn-Mayer ersinnen konnte, sehen wir ein vollbusiges junges Pavianweibchen im perlmuttrosa Abendkleid. Seine Lippen sind purpurrot geschminkt, die Schnauze mauve gepudert und die glühenden roten Augen schwarz umrandet. Mit wollüstig wiegenden Bewegungen – soweit ihm dies seine kurzen Hinterbeine gestatten – tritt es auf der hell erleuchteten Bühne eines Nachtklubs nach vorn und nähert sich, von dem prasselnden Beifall der zwei- oder dreihundert klatschenden behaarten Händepaare begrüßt, dem Louis-quinze-Mikrophon. Ihm folgt auf allen vieren, geführt an einer leichten Stahlkette, die an einem Hundehalsband befestigt ist, Michael Faraday.

Sprecher

»Vergessend, was am mindsten zu bezweifeln ...« Ich brauche kaum hinzuzufügen, daß das, was wir Wissen nennen, nur eine Form der Unwissenheit ist – gründlich systematisiert natürlich und wissenschaftlich aufbereitet, doch gerade deshalb um so vollkommener Unwissenheit und um so mehr zu zornigen Affen hinleitend. Als Unwissenheit noch schlicht Nichtwissen war, da waren wir, vergleichsweise gesprochen, Kakis, Krallen- und Brüllaffen. Heute aber ist, dank jener höheren Unwissenheit, die unser Wissen ausmacht, die Bedeutung des Menschen so gewachsen, daß der Geringste unter uns jetzt ein Pavian ist, der Größte ein Orang-Utan oder, wenn er den Rang eines Erlösers der Menschheit einnimmt, ein echter Gorilla.

Indessen hat das Pavianmädchen das Mikrophon erreicht. Sie wendet den Kopf und erblickt Faraday auf den Knien, gerade im Begriff, den gekrümmten, schmerzenden Rücken zu strecken.
   »Runter mit dir, bleib auf dem Boden!«
   Ihr Ton ist herrisch, und sie versetzt dem alten Mann einen Schlag mit der mit einem Korallenknauf verzierten Reitgerte.
   Faraday zuckt zusammen und gehorcht, und die Affen im Saal lachen begeistert. Das Pavianweibchen wirft ihnen eine Kußhand zu, rückt das Mikrophon näher an sich heran und zeigt seine schrecklichen Zähne. Mit seinem schmachtenden Schlafzimmer-Alt beginnt es den neuesten Hit zu singen:

Die Liebe, die Liebe, die Liebe
Ist von allem, was ich denke oder tu,
Die Quintessenz.
Schenk mir, schenk mir, schenke mir
Befriedigung,
ja, du!

Großaufnahme von Faradays Gesicht, das nacheinander Erstaunen, Ekel und Entrüstung ausdrückt, am Ende aber große Scham und Qual, wobei dem alten Mann die Tränen über die runzeligen Wangen rinnen.
   Eingeblendet werden Bilder von Affen, die das Lied im Radio hören.

Eine stämmige Pavianhausfrau, die Würstchen brät, während der Lautsprecher ihr die imaginäre Erfüllung, tatsächlich aber eine Verstärkung ihrer geheimsten Wünsche, vermittelt.

Ein Pavianbaby, das sich in seinem Kinderbettchen aufrichtet, nach dem Transistor auf der Kommode greift und ihn auf die Welle einstellt, auf der die »Befriedigung« beschworen wird.

Ein Pavianfinanzmann in den besten Jahren unterbricht sich in der Lektüre des Börsenberichts, um mit geschlossenen Augen und verzücktem Lächeln zuzuhören. *Schenk mir, schenk mir, schenke mir ...*

Zwei Pavianteenager im geparkten Wagen, die sich zu der Musik gegenseitig abtasten. *Ja, du!* Großaufnahme von Schnauzen und Pfoten.

Schnitt zurück auf die Tränen Faradays. Die Sängerin wendet sich um und erblickt seine schmerzerfüllte Miene. Mit einem Wutschrei beginnt sie, zu den lärmenden Beifallskundgebungen des Publikums brutal auf ihn einzuschlagen. Die Gold- und Jaspiswände des Nachtklubs verflüchtigen sich, und einen Augenblick lang sehen wir die Gestalten der Äffin und ihres Sklaven, jenes großen Geistes, als Schattenriß vor dem Hintergrund des heraufdämmernden Morgens aus der ersten Sequenz unseres Films. Dann werden auch sie ausgeblendet, und zurück bleibt nur das Sinnbild eines Sinnbilds der Ewigkeit.

Sprecher

Das Meer, der leuchtende Planet, der grenzenlose Kristall des Himmels – gewiß erinnern Sie sich noch! Selbstverständlich! Oder könnten Sie vergessen oder möglicherweise sogar nie entdeckt haben, was hinter dem geistigen Zoo und dem geheimen Irrenhaus und diesem ganzen Broadway imaginärer Theater liegt, wo der einzige Name in Leuchtbuchstaben der Ihrige ist?

Die Kamera schwenkt über den Himmel, und jetzt unterbrechen die gezackten schwarzen Konturen einer Felseninsel die Linie des Horizonts. Ein großer viermastiger Schoner segelt an der Insel vorbei. Beim Näherkommen erkennen wir, daß das

Schiff die Flagge von Neuseeland führt und den Namen *Canter-bury* trägt. Der Kapitän steht mit einer Gruppe von Passagie-ren an der Reling; sie blicken gespannt nach Osten. Wir sehen durch ihre Feldstecher und erkennen einen öden Küstenstrich. Plötzlich steigt die Sonne hinter der fernen Silhouette des Ge-birges auf.

Sprecher

Der neue strahlende Tag ist der 20. Februar des Jahres 2108, und die Männer und Frauen auf dem Schiff sind die Mitglieder der neuseeländischen Expedition zur Wiederentdeckung Nordamerikas. Neuseeland hat den Dritten Weltkrieg über-lebt. Es war von den kriegführenden Mächten verschont wor-den – nicht etwa, wie ich kaum zu betonen brauche, aus huma-nitären Gründen, sondern einfach weil es, ebenso wie Äquato-rialafrika, zu abgelegen war, als daß es sich für irgendeine Par-tei gelohnt hätte, es auszulöschen. In der Isolation, die auf-grund der radioaktiven Verseuchung der übrigen Welt für mehr als ein Jahrhundert so gut wie vollständig war, erlebte es sogar eine bescheidene Blüte. Nun, nachdem die Gefahr vorüber ist, erscheinen die ersten Forschungsreisenden, um Amerika vom Westen her wiederzuentdecken. Auf der anderen Seite der Welt sind indessen die Schwarzen nilabwärts vorgedrungen und haben das Mittelmeer überquert. Was für prächtige Stammes-tänze sieht man in den Sälen der »Mutter der Parlamente«, wo sonst die Fledermäuse nisten! Und das Labyrinth des Vatikans – was für ein idealer Ort, um die langwierigen und komplizier-ten Riten der weiblichen Beschneidung zu zelebrieren! Aber wir wollten es ja nicht anders haben.

Die Szene verdunkelt sich. Man hört Geschützfeuer. Als es wieder hell wird, ist Professor Albert Einstein zu erkennen, der, an eine Hundeleine gelegt, hinter einer Gruppe unifor-mierter Paviane kauert.

Die Kamera schwenkt über einen schmalen Streifen Nie-mandsland voller Geröll, zersplitterter Bäume und Leichen, um alsdann auf einer weiteren Gruppe von Tieren zu verweilen, mit anderen Ehrenzeichen und unter eine andere Flagge geschart, aber mit demselben Professor Albert Einstein, der an genau der gleichen Hundeleine hinter den Soldatenstiefeln kauert. Unter der Aureole zerzausten Haars zeigt dieses gute, arglose Gesicht einen Ausdruck von qualvoller Bestürzung. Die Kamera schwenkt abwechselnd von einem Einstein zum anderen. Großaufnahmen der beiden identischen Gesichter, die sich zwischen den blankgeputzten Lederstiefeln ihrer Herren hindurch wehmütig ansehen.

Auf der Tonspur schmachten noch immer die Stimme, die Saxophone und die Celli nach ›Befriedigung‹.

»Albert, bist du es?« fragt stockend der eine der beiden Einsteins den anderen.

Der andere nickt langsam mit dem Kopf.

»Leider bin ich es, Albert.«

Plötzlich beginnen die Fahnen der sich gegenüberstehenden Armeen in einer auffrischenden Brise zu wehen. Die farbigen Symbole auf dem Tuch enthüllen sich und falten sich wieder zusammen, werden erkennbar und verbergen sich wieder.

Sprecher

Vertikale Streifen, horizontale Streifen, Kreise und Kreuze, Adler und Hämmer. Willkürlich gewählte Symbole. Doch jede Wirklichkeit, die man mit einem Symbol verbunden hat, ist damit schon dem Symbol unterworfen. Goswami und Ali lebten in Frieden miteinander. Aber nun bekam jeder eine Fahne, ich, du, alle Paviankinder des lieben Gottes bekamen Fahnen. So bekamen denn auch Ali und Goswami ihre Fahnen. Und wegen der Fahnen war es sogleich nur ganz in der Ordnung, daß alle, die eine Vorhaut hatten, denen, die keine hatten, den Bauch aufschlitzten; daß die Beschnittenen auf die Unbeschnittenen schossen, ihre Frauen vergewaltigten und ihre Kinder über kleinem Feuer rösteten. Aber über den Fahnen ziehen gewaltige Wolken dahin, und über den Wolken ist diese blaue Leere, die ein Sinnbild unseres gläsern-transparenten Wesens ist. Doch unter den Flaggenmasten wachsen Weizen, smaragdgrüner Reis und Hirse. Speise für den Leib und Speise für den

Geist. Wir haben die Wahl zwischen Brot und Fahnen. Und muß ich es eigens sagen? Fast einmütig haben wir uns für die Fahnen entschieden.

Die Kamera gleitet von den Fahnen zu den Einsteins und von ihnen zu den hochdekorierten Generalstäben im Hintergrund. Plötzlich brüllen zur gleichen Zeit die beiden Generalfeldmarschälle einen Befehl. Sofort erscheinen auf beiden Seiten Pavian-Techniker mit vollmotorisierter Ausrüstung, um Aerosol zu versprühen. Auf den Druckbehältern der einen Armee findet sich die Aufschrift: *Super-Tularämie,* auf denen der Gegner: *Verbesserte Rotz-Lösung mit garantiertem Reingehalt von 99,44%.* Jede Technikergruppe hat ihr Maskottchen: einen Louis Pasteur an der Kette. Auf der Tonspur ist eine Reminiszenz an das Pavianmädchen zu hören. *Schenk mir, schenk mir, schenke mir Befriedigung ...* Aber dann geht die wollüstige Melodie über in die von »Land der Hoffnung und des Ruhms«, gespielt von hundert Militärkapellen und gesungen von einem Chor von vierzehntausend Stimmen.

Sprecher

> Was für ein Land, fragen Sie. Und ich antworte Ihnen,
> Irgendein Land.
> Und der Ruhm ist natürlich der Ruhm des
>   Affenkönigs,
> Was aber die Hoffnung betrifft –
> Mein armes Kind: Es gibt keine,
> Nur die an Sicherheit grenzende Wahrscheinlichkeit,
> Auf einmal
> Oder mit einer auf die Folter spannenden
>   Langsamkeit
> Die letzte, die tödliche Befriedigung
> Zu erleben.

Großaufnahme von Affenhänden an Absperrhähnen. Die Kamera fährt zurück. Aus den Druckbehältern strömen zwei

Schwaden gelblichen Nebels schwerfällig über das Niemandsland hinweg aufeinander zu.

Sprecher

Rotz, meine Freunde, Rotz ist eine Pferdekrankheit; der Mensch wird von ihr im allgemeinen nicht befallen. Doch keine Sorge! Die Wissenschaft kann sie leicht zu einer universellen Seuche erheben. Hier die Symptome: Heftige Schmerzen in den Gelenken, Pusteln am ganzen Körper, unter der Haut harte Schwellungen, die schließlich aufbrechen und zu eitrigen Geschwüren werden. Bis zu diesem Zeitpunkt hat sich die Nasenschleimhaut entzündet und sondert große Mengen von stinkendem Eiter ab. In den Nasenlöchern kommt es rasch zur Bildung von Eiterherden, die die umgebenden Knochen- und Knorpelpartien zerfressen. Von der Nase greift die Infektion auf die Augen, den Mund, den Rachen und die Luftwege über. In nicht mehr als drei Wochen tritt in den meisten Fällen der Tod ein. Sorge zu tragen, daß in *allen* Fällen der tödliche Ausgang gewiß ist, das war die Aufgabe von einigen dieser hervorragenden jungen Wissenschaftler, die gegenwärtig im Dienst Ihrer Regierung stehen. Und nicht allein Ihrer Regierung, sondern ebenso aller vom Volk gewählten oder selbsternannten Organisatoren der kollektiven Schizophrenie in der ganzen Welt. Die Biologen, die Pathologen, die Physiologen – hier sind sie, nach einem harten Arbeitstag im Labor, wieder daheim bei ihren Familien. Eine Umarmung von der lieben kleinen Frau, fröhliches Herumtollen mit den Kindern. Ein behagliches Essen mit guten Freunden, danach ein Abend mit Kammermusik oder intelligenten Gesprächen über Politik oder Philosophie. Um elf zu Bett zu den gewohnten Wonnen der ehelichen Liebe. Am Morgen dann, nach dem Frühstück mit Orangensaft, gehen sie wieder an ihre Arbeit, die darin besteht, Mittel zu finden, um eine immer größere Anzahl von Familien – die sich in nichts von ihren eigenen unterscheiden – mit einer womöglich noch sicherer tödlich wirkenden Art des *Bacillus mallei* zu infizieren.

Wieder gellende Kommandos der Generalfeldmarschälle. Bei den gestiefelten Affen, die die Aufsicht über die Geniereserve haben, kommt es zu heftigem Peitschenknallen und Gezerr an der Leine.

Nahaufnahme der Einsteins bei ihrem Versuch, Widerstand zu leisten.

»Nein, nein ... Das kann ich nicht.«

»Ich sage Ihnen doch, daß ich das nicht kann.«

»Verräter!«

»Ihnen fehlt jeder Patriotismus!«

»Dreckiger Kommunist!«

»Stinkender bourgeoiser Faschist!«

»Roter Imperialist!«

»Monopolkapitalist!«

»Da! Wer nicht hören will, muß fühlen!«

»Da! Wer nicht hören will, muß fühlen!«

Gestoßen, geprügelt und halb erwürgt, wird endlich jeder der Einsteins zu einer Art von Schilderhaus gezerrt. Es ist eine Kabine, die mit Schalttafeln voller Skalen, Knöpfe und Hebel ausgerüstet ist.

Sprecher

Das liegt doch auf der Hand.

Weiß es nicht jeder Schuljunge?

Das Ziel bestimmt der Affe; nur den Weg wählt der
    Mensch.

Babuins Kuppler, Schatzmeister der Paviane,

Eilt die Vernunft herbei, eifrig bedacht zu
    ratifizieren;

Kommt, eine Vogelscheuche mit der Philosophie,
und schmeichelt Tyrannen;

Kommt, ein Kuppler für Preußen, mit Hegels
    Patentgeschichte;

Kommt, mit der Medizin, mit dem Aphrodisiakum
    des Affenkönigs;

Kommt, mit Reimen und Rhetorik, um ihm seine
    Reden zu schreiben;

Kommt, mit ballistischen Berechnungen, um die
Raketen in Stellung zu bringen,
Genau auf das Waisenhaus jenseits des Atlantiks
gerichtet;
Kommt, nachdem das Ziel anvisiert, mit Weihrauch
für Unsere Liebe Frau,
Sie inständig um einen Volltreffer zu bitten.

Die Militärkapellen weichen den schmachtenden Wurlitzer-Orgeln, dem »Land der Hoffnung und des Ruhms«, dem »Vorwärts, christliche Soldaten!« Seinem hochwürdigsten Dekan mit dem gesamten Domkapitel voran, nähert sich, majestätisch schreitend, den Krummstab in der von Edelsteinen funkelnden Pfote, Seine Eminenz, der Pavian-Bischof von Bronx, um die beiden Generalfeldmarschälle und ihr patriotisches Unternehmen zu segnen.

Sprecher

Kirche und Staat,
Habgier und Haß: –
Zwei Pavian-Personen in einem Höchsten Gorilla.

Alle

Amen, amen.

Der Bischof

In nomine Babuini . . .

Auf der Tonspur herrschen die *vox humana* und die Engelsstimmen der Chorknaben.
    »Mit dem (*dim.*) Kreuze (*pp*) Christi (*ff*) uns voran.«
    Gewaltige Pranken reißen die Einsteins hoch und umfassen, in Großaufnahme, deren Handgelenke. Vom Affen gesteuert, schließen sich diese Finger, die einmal Gleichungen geschrieben und die Musik Johann Sebastian Bachs gespielt haben, um die Hauptschalter und drücken sie, vor Grauen widerstrebend,

langsam herunter. Es macht leise klick, dann folgt eine lange Stille, die schließlich von der Stimme des Sprechers unterbrochen wird.

Sprecher

Auch mit Überschallgeschwindigkeit werden die Raketen eine gewisse Zeit brauchen, bevor sie ihr Ziel erreichen. Also, Jungens, was haltet ihr von einem kleinen Frühstück, während wir auf das Jüngste Gericht warten!

Die Affen öffnen ihre Futterbeutel und werfen den Einsteins ein paar Brotbrocken, ein paar Karotten und zwei, drei Stück Zucker zu. Dann tun sie sich selbst an Rum und Mettwurst gütlich.

Wir blenden über auf das Deck des Schoners, auf dem die Wissenschaftler der Wiederentdeckungs-Expedition ebenfalls beim Frühstück sind.

Sprecher

Und hier sehen Sie einige der Überlebenden des Jüngsten Gerichts. Sehr nette Leute! Die Zivilisation, die sie repräsentieren – die ist auch sehr nett. Nichts besonders Aufregendes und Spektakuläres natürlich. Nichts von Parthenon oder Sixtinischer Kapelle, kein Newton, kein Mozart oder Shakespeare, aber auch kein Ezzelino, kein Napoleon, kein Hitler oder Jay Gould, keine Inquisition, kein NKWD, keine Säuberungsaktionen, kein Pogrom und keine Lynchjustiz. So wenig Höhen wie Abgründe, aber reichlich Milch für die Kinder und ein einigermaßen hoher Intelligenzquotient im Bevölkerungsdurchschnitt und alles in einer ruhigen, wenn Sie so wollen spießbürgerlichen Art, durchaus gemütlich, vernünftig und human.

Einer der Männer an Bord hält das Fernglas vor die Augen. Er späht zum Ufer hinüber, das nur ein paar Meilen noch entfernt ist. Plötzlich entfährt ihm ein Schrei entzückter Verwunderung.

»Schaut euch das an!« Er reicht das Glas einem seiner Gefährten. »Da oben, auf dem Bergkamm!«

Nun sieht der andere durch das Fernglas.

Eine niedrige Bergkette erscheint im Bild. Auf dem höchsten Punkt des Gebirgskamms ragen drei Bohrtürme in den Himmel – wie Bestandteile eines modernisierten, auf größere Leistungsstärke angelegten Kalvarienbergs.

»Erdöl!« ruft der Mann aufgeregt. »Und die Bohrtürme stehen noch!«

»Stehen noch?«

Es herrscht allgemeines Erstaunen.

»Das bedeutet«, erklärt der Geologe Professor Craigie, »daß es in dieser Gegend keine große Explosion gegeben haben kann.«

»Es müssen nicht immer Explosionen sein«, wendet sein Kollege vom Department für Kernphysik ein. »Radioaktive Gase sind genauso wirksam, und zwar in einem sehr viel weiteren Umkreis.«

»Sie vergessen wohl die Bakterien und Viren«, bemerkt der Biologe, Professor Grampian. Sein Ton verrät, daß hier ein Mann spricht, der sich in seiner wahren Bedeutung unterschätzt fühlt.

Seine junge Frau, die nur Anthropologin ist und deshalb zum Thema nichts beizusteuern hat, beschränkt sich darauf, dem Physiker einen vernichtenden Blick zuzuwerfen.

Miss Ethel Hook vom Department für Botanik, eine athletische Gestalt in Tweed, doch hinter den Gläsern ihrer Hornbrille zugleich von wacher Intelligenz, gibt zu bedenken, daß man hier höchstwahrscheinlich in hohem Maße die künstliche Auslösung von Pflanzenkrankheiten praktiziert hat. In Erwartung einer Bestätigung ihrer Meinung wendet sie sich an ihren Kollegen Dr. Poole, der zustimmend nickt.

»Krankheiten von Kulturpflanzen«, erklärt er in seiner professoralen Manier, »hätten sich auf lange Sicht kaum weniger verheerend ausgewirkt als die Explosion spaltbaren Materials oder die künstliche Auslösung von Epidemien. Nehmen Sie als Beispiel die Kartoffel –«

»Warum zerbrechen Sie sich den Kopf über so phantasievolle

Methoden?« platzt lautstark und schroff der Ingenieur der Gruppe, Dr. Cudworth, heraus. »Man braucht doch nur die Wasserversorgung zu unterbrechen, und in einer Woche ist alles aus. Kein Wasser, kein Leben.« Entzückt von seinem Sarkasmus, lacht er unbändig.

Dr. Schneeglock, der Psychologe, hat ihnen unterdessen mit einem Lächeln voll kaum verhüllter Verachtung zugehört.

»Und warum die Wasserversorgung?« fragt er. »Sie brauchen doch dem Nachbarvolk nur mit einer dieser Massenvernichtungswaffen zu drohen, dann wird der bloße Schrecken das übrige tun. Sie wissen doch, was die psychologische Kriegsführung allein in New York bewirkte? Die Kurzwellennachrichten von Übersee, die Überschriften in den Abendblättern. Sofort trampelten sich acht Millionen Menschen auf den Brücken und in den Tunnels gegenseitig zu Tode. Und die Überlebenden zerstreuten sich über das Land wie die Heuschrecken, wie eine Horde von Ratten, die die Pest übertragen. Sie verseuchten das Wasser, verbreiteten Typhus, Diphtherie und Syphilis. Sie bissen und krallten, plünderten, mordeten und vergewaltigten. Sie nährten sich von toten Hunden und den Leichen der Kinder. Die Bauern schossen auf sie, sobald sie ihrer ansichtig wurden; die Polizei ging mit Knüppeln auf sie los, die Miliz eröffnete das Maschinengewehrfeuer auf sie, und die Volksgerichte hängten sie auf. In Chicago, Detroit, Philadelphia und Washington, in London und Paris, in Bombay, Shanghai und Tokio, in Moskau, Kiew und Stalingrad, in jeder Hauptstadt, jedem Industriezentrum, jedem Hafen, jedem Verkehrsknotenpunkt, kurz in der ganzen Welt, geschah das gleiche. Nicht ein Schuß war gefallen, und schon war die Zivilisation ein Trümmerfeld. Warum das Militär es überhaupt für nötig hielt, Bomben abzuwerfen, weiß ich wirklich nicht.«

Sprecher

Die Liebe vertreibt die Furcht, aber umgekehrt vertreibt auch die Furcht die Liebe. Und nicht nur die Liebe. Die Furcht vertreibt auch den Verstand, die Güte und jeden Gedanken an Schönheit und Wahrheit. Was bleibt, ist eine dumpfe oder auch angestrengt witzige Verzweiflung. Die Verzweiflung eines Menschen, der in einer Ecke seines Zimmers etwas Unheimliches bemerkt und der weiß, daß die Tür verschlossen ist und der Raum keine Fenster hat. Und jetzt dringt es auf ihn ein. Er fühlt eine Hand auf seinem Arm, er riecht einen stinkenden Atem, als der Gehilfe des Henkers sich fast verliebt über ihn neigt. »Du bist dran, Bruder. Sei so gut und komm hier entlang!« In diesem Augenblick wird aus seinem stillen Grauen eine ebenso wilde wie vergebliche Raserei. Hier ist nicht mehr ein Mensch unter Mitmenschen, kein rationales Wesen mehr, das sich auf artikulierte Weise mit anderen rationalen Wesen unterhält, sondern nur ein gequältes Tier in der Falle, in der es schreit und zappelt. Denn zuletzt vertreibt die Furcht auch das Menschsein des Menschen. Aber die Furcht, meine Freunde, ist der Ursprung und die Basis des modernen Lebens überhaupt. Furcht vor der vielgepriesenen Technik, die zwar unseren Lebensstandard hebt, aber auch unseren gewaltsamen Tod sehr viel wahrscheinlicher macht. Furcht vor der Wissenschaft, die mit der einen Hand uns mehr nimmt, als sie mit der anderen verschwenderisch schenkt. Furcht vor den nachweislich verhängnisvollen Institutionen, für die wir in selbstmörderischer Treue bereit sind zu töten und zu sterben. Furcht vor den großen Männern, denen wir durch allgemeine Zustimmung eine Macht verliehen haben, die sie zwangsläufig dazu ausnutzen, uns zu versklaven und zu morden. Die Furcht schließlich vor dem Krieg, den wir nicht wollen und den herbeizuführen wir doch alles tun, was in unseren Kräften steht.

Noch während der Sprecher zu hören ist, blenden wir auf das große Fresko vom Picknick der Paviane und ihrer gefangenen Einsteins über. Mit Behagen essen und trinken sie, während die beiden ersten Takte von »Vorwärts, christliche Soldaten!« immer wieder erklingen, immer schneller und immer lauter. Plötzlich wird die Musik durch die erste einer Reihe gewaltiger Explosionen unterbrochen. Finsternis. Ein langgezogenes, ohrenbetäubendes Getöse von Krachen und Bersten, von gellendem Schreien und Stöhnen. Dann Stille und allmählich zunehmende Helligkeit. Wieder ist es die Stunde vor Sonnenaufgang mit dem Morgenstern und einer zarten, reinen Musik.

Sprecher

Unsägliche Schönheit, geheimnisvoller Friede . . .

In weiter Ferne steigt vom Horizont eine rosenfarbene Rauchsäule am Himmel herauf, schwillt zu der Form eines riesigen Pilzes an und schwebt dort, den einsamen Planeten überragend.

Wir blenden wieder über zur Picknickszene. Die Paviane sind sämtlich tot. Von Brandwunden entsetzlich entstellt, liegen nebeneinander die beiden Einsteins unter dem, was einst ein blühender Apfelbaum war. Nicht weit davon versprüht noch immer ein Druckbehälter seine verbesserte Rotzlösung.

Erster Einstein

Es ist ungerecht, es ist nicht recht . . .

Zweiter Einstein

Wir, die wir nie jemandem etwas Böses antaten . . .

Erster Einstein

Wir, die wir nur für die Wahrheit lebten . . .

Sprecher

Und gerade deshalb sterbt ihr jetzt in dem mörderischen Dienst der Paviane. Pascal hat das alles schon vor über dreihundert Jahren erklärt. »Wir machen aus der Wahrheit einen Götzen. Denn Wahrheit ohne Barmherzigkeit ist nicht Gott, sondern nur sein Abbild und Idol, das wir weder lieben noch anbeten dürfen.« Ihr habt für die Anbetung eines Götzen gelebt. Aber im Grunde genommen heißt der Name jedes Götzen Moloch. Da habt ihr es nun, meine Freunde!

Von einem jähen Windstoß getrieben, rückt der träge Seuchen-
nebel nun geräuschlos vor, und umspielt wirbelnd mit eiterfar-
benen Rauchringen die Apfelblüten, um sich dann herabzusen-
ken und die beiden ruhenden Gestalten zu verschlingen. Mit
einem erstickten Schrei verkündet die Wissenschaft des zwanzigsten Jahrhunderts ihren Tod durch Selbstmord.

Wir blenden über auf einen Punkt an der Südküste Kalifor-
niens, ungefähr zwanzig Meilen westlich von Los Angeles. Die
Wissenschaftler der Wiederentdeckungs-Expedition sind im
Begriff, von einem Rettungsboot aus an Land zu gehen. Im
Hintergrund bemerken wir ein gewaltiges Abwasserrohr, in
Trümmern, wo es ins Meer mündet.

Sprecher

Der Parthenon, das Kolosseum –
Der Ruhm des alten Griechenland, die Größe
    etcetera.
Und all die andern auch:
Theben und Copán, Arezzo und Ajanta;
Bourges, gegen den Himmel anstürmend,
Und die »*Heilige Weisheit*«, wie schwebend in
    Gelassenheit.
Aber der Ruhm der Queen Victoria
Bleibt fraglos das W.C.;
Die Größe Franklin Delanos
Ist dieses bei weitem mächtigste Abflußrohr –
Jetzt leer und geborsten, Ikabod, Ikabod;
Und seine Fracht von Kondomen (ununterdrückbar
Wie die Hoffnung, wie die Begierde, an die
    Oberfläche drängend)
Bedeckt nicht länger diesen einsamen Strand mit
    einer Milchstraße aus weißen
Anemonen oder Gänseblümchen.

Inzwischen haben die Wissenschaftler, mit Dr. Craigie an der
Spitze, den Strand überquert. Sie sind die niedrige Klippe hin-

aufgeklettert und schreiten nun über die sandige ausgewaschene Ebene auf die Bohrtürme zu, dort auf den Bergen im Hintergrund.

Die Kamera verweilt auf Dr. Poole, dem Chef-Botaniker der Expedition. Wie ein grasendes Schaf geht er von einer Pflanze zur andern, betrachtet die Blüten durch eine Lupe und verstaut einige Exemplare in seiner Botanisiertrommel, nicht ohne dazu in einem kleinen schwarz eingebundenen Notizbuch seine Eintragungen zu machen.

Sprecher

Da ist er also, unser Held, Dr. Alfred Poole. Besser bekannt bei seinen Studenten und jüngeren Kollegen als Stagnant Poole, d. h. Stagnierender Pfuhl. Und leider ist dieser Spitzname auf eine schmerzliche Weise treffend gewählt. Denn wenn er auch nicht häßlich ist, wie Sie sehen, und wenn er auch Mitglied der Königlichen Gelehrten Gesellschaft von Neuseeland und durchaus kein Dummkopf ist, scheint seine Intelligenz, soweit es das praktische Leben betrifft, nur potentiell vorhanden zu sein, seine persönliche Attraktivität latent zu bleiben. Es ist, als lebte er hinter einer Glasscheibe, als könnte er sehen und gesehen werden, aber niemals einen wirklichen Kontakt zur Außenwelt herstellen. Und Schuld daran ist, wie Ihnen Dr. Schneeglock vom Department für Psychologie nur allzu gern erklären wird, Pooles liebevolle und demonstrativ verwitwete Mutter – diese Heilige, diese Säule der Standhaftigkeit, dieser Vampir, der noch immer an seinem Frühstückstisch präsidiert und mit eigener Hand seine seidenen Hemden wäscht und bügelt und aufopferungsvoll seine Strümpfe stopft.

Miss Hook betritt die Szene – sie betritt sie mit einem Ausbruch von Enthusiasmus.

»Alfred, ist das nicht aufregend!«

»Ja, sehr«, erwidert Dr. Poole höflich.

»Die *Yucca gloriosa* in ihrem angestammten Habitat zu sehen – wer hätte gedacht, daß wir dazu je die Chance haben würden? Und die *Artemisia tridentata!*«

»An der *Artemisia* sind noch ein paar Blüten«, sagt Dr. Poole. »Fällt dir an ihnen etwas Ungewöhnliches auf?«

Miss Hook unterzieht sie einer genauen Prüfung und schüttelt dann den Kopf.

»Nun, sie sind bedeutend größer, als sie in den alten Lehrbüchern beschrieben werden«, erklärt Dr. Poole in einem Ton geflissentlich unterdrückter Erregung.

»Bedeutend größer?« wiederholt Miss Hook fragend. Plötzlich geht ein Strahlen über ihr Gesicht. »Alfred, du meinst doch nicht . . . ?«

Dr. Poole nickt.

»Doch. Ich möchte darauf wetten. Tetraploid. Ausgelöst durch die Einwirkung von Gammastrahlen.«

»Oh, Alfred!« Es ist ein Ruf ekstatischen Jubels.

Sprecher

In ihrem Tweedkostüm und mit ihrer Hornbrille ist Ethel Hook eine dieser überaus gesunden, ungemein tüchtigen und durch und durch englischen jungen Frauen, mit denen man, falls man nicht gerade ebenso gesund, ebenso englisch und womöglich noch tüchtiger ist, lieber nicht verheiratet sein möchte. Was wohl auch der Grund dafür ist, daß Ethel mit fünfunddreißig Jahren noch ohne Ehemann ist. Noch ohne Mann – doch, wie sie zu hoffen wagt, nicht mehr lange. Zwar hat ihr bis jetzt der liebe Alfred noch keinen regelrechten Heiratsantrag gemacht, aber sie weiß doch (und weiß auch, daß er es weiß), daß seine Mutter sich nichts sehnlicher wünscht als eben dieses. Und Alfred ist der gehorsamste Sohn, den man sich denken kann. Außerdem haben sie so viele gemeinsame Interessen: die Botanik, die Universität, die Gedichte von Wordsworth. Sie glaubt fest, daß noch vor ihrer Rückreise nach Auckland alles geregelt sein wird: die schlichte Trauungszeremonie, die der gute alte Dr. Trilliams abhalten soll, die Flitterwochen in den südlichen Alpen, dann die Heimkehr in ihr reizendes kleines Haus in Mount Eden, und schließlich nach achtzehn Monaten das erste Kind . . .

Schnitt zu den anderen Expeditionsmitgliedern, die mühsam den Hang hinauf zu den Bohrtürmen klettern. Ihr Anführer, Professor Craigie, bleibt stehen und wischt sich die Stirn ab. Er zählt seine Schützlinge.

»Wo ist Poole?« fragt er. »Und Ethel Hook?«

Jemand zeigt sie ihm, und wir sehen in einer Totale weit entfernt die Gestalten der beiden Botaniker.

Schnitt zu Professor Craigie, der die Hände zum Schalltrichter formt und: »Poole, Poole!« ruft.

»Warum überlassen Sie sie nicht ihrer kleinen Liebesaffäre?« fragt der joviale Cudworth.

»Liebesaffäre, das fehlte noch!« schnaubt Dr. Schneeglock spöttisch.

»Aber sie schwärmt ihn doch geradezu an.«

»Zu einer Liebesaffäre gehören immer noch zwei.«

»Sie können einer Frau zutrauen, daß sie den Mann, den sie haben will, dazu bringen kann, ihr einen Heiratsantrag zu machen.«

»Ebensogut können Sie von ihm erwarten, daß er mit seiner Mutter Inzest begeht«, erklärt Dr. Schneeglock mit Nachdruck.

»Poole!« brüllt Professor Craigie noch einmal. Und den anderen gegenüber erläutert er gereizt: »Ich habe es nicht gern, wenn jemand hinterhertrödelt. In einem fremden Land – da kann man nie wissen . . .«

Er ruft noch einmal.

Zurück zu Dr. Poole und Miss Hook. Sie hören das ferne Rufen, blicken von ihrer tetraploiden *Artemisia* auf und winken den anderen zu. Sie sind im Begriff, ihnen zu folgen. Aber da sieht Dr. Poole plötzlich etwas, was ihm einen Aufschrei entlockt.

»Sieh mal!« Er streckt den Zeigefinger aus.

»Was ist das?«

»*Echinocactus hexaedrophorus* – und zwar ein besonders schönes Exemplar!«

Eine Halbnahe von seinem Standort aus, einem zerstörten Bungalow inmitten von Beifußstauden. Dann Nahaufnahme von dem Kaktus zwischen zwei Pflastersteinen vor der Haustür.

Schnitt zu Dr. Poole. Aus dem ledernen Futteral an seinem Gürtel zieht er einen langen Pflanzenheber mit schmaler Klinge.

»Du willst ihn doch nicht etwa ausgraben?«

Statt zu antworten, tritt er auf den Kaktus zu und hockt sich vor ihm hin.

»Professor Craigie wird sehr böse sein«, wendet Ethel Hook ein.

»Dann lauf schon voraus und beruhige ihn!«

Besorgt sieht sie Dr. Poole ein paar Sekunden an.

»Ich lasse dich sehr ungern allein, Alfred.«

»Du sprichst, als wäre ich ein Kind von fünf Jahren«, antwortet er gereizt. »Geh schon, habe ich gesagt.«

Er wendet sich ab und beginnt, die Pflanze auszugraben.

Miss Hook gehorcht nicht gleich, sondern bleibt noch ein Weilchen stehen und sieht Dr. Poole schweigend zu.

Sprecher

Die Tragödie – das ist die Farce, die unser Mitgefühl hervorruft. Eine Farce – das ist die Tragödie, die anderen widerfährt. Frisch und flott im sportlichen Tweed, gesund und tüchtig, ist dieses Opfer der billigsten Art von Satire zugleich das Ich eines intimen Tagebuchs. Wieviel flammende Sonnenuntergänge hat sie gesehen und vergeblich zu beschreiben versucht! Wieviel wollüstig-linde Sommernächte! Was für Frühlingstage voll lieblicher Poesie! Und, ach, diese überwältigenden Gefühle, die Versuchungen, die Hoffnungen, das Herzklopfen der Leidenschaft und die Demütigung mancher Enttäuschung! Und jetzt, nach all diesen Jahren, nachdem sie an so vielen Komiteesitzungen teilgenommen hatte, so viele Vorlesungen gehalten, so viele Prüfungsaufgaben korrigiert, hatte es Gott nach Seinem geheimnisvollen Ratschluß gefallen, ihr die Verantwortung für diesen hilflosen und unglücklichen Mann zu geben. Und gerade, weil er unglücklich und hilflos ist, liebt sie ihn – natürlich nicht mit der romantischen Liebe, wie seinerzeit diesen Lokkenkopf und Taugenichts, der sie vor fünfzehn Jahren bezaubert, dann aber die Tochter eines reichen Bauunternehmers geheiratet hatte –, aber nichtsdestoweniger aufrichtig und mit einer großen, beschützenden Zärtlichkeit.

»Also gut«, sagt sie schließlich. »Ich gehe voraus. Aber versprich mir, nicht so lange zu machen.«
»Natürlich nicht.«
Sie dreht sich um und geht. Dr. Poole sieht ihr nach. Mit einem Seufzer der Erleichterung findet er sich endlich wieder allein, und von neuem beginnt er zu graben.

Sprecher

»Niemals«, versichert er sich selbst. »Niemals! Da kann Mutter sagen, was sie will!« Denn wenn er auch Miss Hook als Botanikerin schätzt und sich gern auf ihr Organisationstalent verläßt, und wenn er auch ihre lautere Gesinnung bewundert, so ist ihm der Gedanke, mit ihr einmal »ein Leib und eine Seele« zu werden, genauso unvorstellbar wie etwa eine Mißachtung des kategorischen Imperativs.

Plötzlich tauchen hinter ihm, aus den Trümmern des Hauses, lautlos drei wüste Gesellen auf, mit schwarzen Bärten, dreckig und zerlumpt. Einen Augenblick verharren sie reglos. Dann stürzen sie sich auf den ahnungslosen Botaniker. Bevor er nur einen Laut von sich geben kann, stopfen sie ihm einen Knebel in den Mund, fesseln ihm die Hände auf dem Rücken und schleppen ihn in einen Abzugskanal, so daß er aus dem Gesichtsfeld seiner Gefährten verschwindet.

Wir überblenden zu einer Panorama-Aufnahme von Südkalifornien, von der stratosphärischen Höhe von fünfzig Meilen aus gesehen. Während die Kamera steil nach unten gleitet, hören wir die Stimme des Sprechers.

Sprecher

Das Meer und seine Wolken, die grün-goldenen
   Gebirge,
Die Täler voll indigoblauer Dunkelheit,
Die Dürre der löwenfarbigen Ebenen,
Die Ströme mit Kies und weißem Sand.
Und in der Mitte die Stadt der Engel.
Eine halbe Million Häuser,
Fünftausend Meilen Straße,
Anderthalb Millionen Kraftfahrzeuge
Und mehr Kautschukwaren als in Akron,
Mehr Zelluloid als in Sowjetrußland,
Mehr Nylon als in New Rochelle,
Mehr Büstenhalter als in Buffalo,
Mehr Deodorants als in Denver,
Mehr Orangen als irgendwo sonst,
Die Mädchen größer und besser –
Die große Hetäropole des Westens.

Jetzt sind wir nur noch fünf Meilen hoch, und es wird immer
offenbarer, daß die große Hetäropole eine Geisterstadt ist, daß
das, was einst die größte Oase der Welt war, jetzt die größte
Anhäufung von Trümmern in einer Ödnis ist. Nichts bewegt
sich auf den Straßen. Wanderdünen haben den Beton überzogen. Die Palmen- und Pfefferbaumalleen haben keine Spuren
hinterlassen.

   Die Kamera gleitet hinab und schwebt jetzt über einem großen rechteckigen Friedhof, der sich von den Eisenbeton-Tür-
men Hollywoods bis zu denen des Wilshire Boulevard er-
streckt. Wir landen, fahren unter einem Torbogen hindurch
und lassen in einer Kamerafahrt Friedhofsarchitektur an uns
vorüberziehen. Eine Miniaturpyramide. Ein gotisches Schil-
derhäuschen. Ein marmorner Sarkophag mit zwei weinenden
Engeln. Dort die überlebensgroße Statue von Hedda Boddy –
»beliebt und bekannt«, wie die Inschrift am Sockel behauptet,
»als der Publikumsliebling Nummer eins aus ›Befestige deinen
Wagen an einem Stern‹«. Plötzlich ist da, inmitten all dieser

Verlassenheit, eine kleine Gruppe menschlicher Wesen. Es sind vier Männer, mit viel Bart und nicht wenig verdreckt, und zwei junge Frauen. Sie alle arbeiten mit Schaufeln in den Händen in oder an einem offenen Grab; und sie alle tragen die gleiche Kleidung, die aus Hemden und Hosen von einem zerschlissenen rauhen Wollstoff besteht. Über dieser groben Hülle trägt jeder von ihnen eine kleine quadratische Schürze, auf die mit roter Wolle das Wort NEIN gestickt ist. Die Mädchen tragen außer der Schürze über jeder Brust einen runden Flicken und auf dem Hosenboden ein Paar größerer Flicken. So grüßen uns beim Näherkommen drei unzweideutige *Neins,* und nach Art der Parther-Geschosse zwei weitere, als die Gruppe hinter uns zurückbleibt.

Auf dem Dach eines unmittelbar benachbarten Mausoleums sitzt ein Mann, etwa Mitte vierzig, groß und von mächtiger Statur, mit den dunklen Augen und der Adlernase eines algerischen Seeräubers, der die Arbeiter beaufsichtigt. Sein schwarzer, gekräuselter Bart hebt das feuchte Rot seiner vollen Lippen noch hervor. Er ist, etwas unpassend, in einen hellgrauen Anzug von einem Schnitt gekleidet, wie er in der Mitte des zwanzigsten Jahrhunderts üblich war und der ein bißchen zu schmal für ihn ist. Zu dem Zeitpunkt, wo dieser Mann in unserm Gesichtsfeld erscheint, ist er völlig davon in Anspruch genommen, sich die Fingernägel zu schneiden.

Schnitt zurück auf die Totengräber. Einer von ihnen, der jüngste und hübscheste der Männer, sieht von seiner Arbeit auf. Er wirft einen verstohlenen Blick auf den Aufseher auf dem Dach, und da er ihn mit seinen Fingernägeln beschäftigt sieht, richtet er begehrliche Blicke auf das dralle Mädchen, das, über den Spaten gebeugt, neben ihm steht. Großaufnahme der beiden Verbotsflicken. NEIN und noch mal NEIN. Sie werden immer größer, je sehnsuchtsvoller der junge Mann hinschaut. Seine Hand, schon gebogen in Erwartung der köstlichen Berührung, bewegt sich zaghaft, zögernd vorwärts, wird dann aber mit einem Ruck zurückgezogen, als sein Gewissen plötzlich der Versuchung Herr wird. Der junge Mann beißt sich auf die Lippen, wendet sich ab und widmet sich mit verdoppeltem Eifer wieder seiner Arbeit mit der Schaufel.

Auf einmal stößt ein Spaten auf etwas Hartes. Ein entzückter Aufschrei und aufgeregte gemeinsame Anstrengungen. Im nächsten Augenblick wird ein stattlicher Mahagonisarg aus dem Grab gehievt.

»Brecht ihn auf!«

»O. K., Chef.«

Wir hören das Knarren und Knacken von Holz, das gespaltet wird.

»Mann oder Frau?«

»Ein Mann.«

»Gut! Schütten Sie ihn raus!«

Mit Hauruck kippen sie den Sarg um, und die Leiche rollt auf den Sand. Der älteste der bärtigen Totengräber kniet vor ihr nieder und beginnt methodisch, dem Toten die Uhr und den Schmuck abzunehmen.

Sprecher

Dank des trockenen Klimas und der Kunstfertigkeit des Einbalsamierens sehen die sterblichen Überreste des geschäftsführenden Vorstandsmitglieds der *Golden Rule Brewing Corporation* so aus, als ob sie erst gestern zu Grabe getragen seien. Da ist noch der rosa Hauch, den der Mann vom Bestattungsinstitut für die feierliche Aufbahrung mit Hilfe von Rouge auf die Wangen des Toten gezaubert hatte. Die mittels einer Naht zu einem ewigen Lächeln heraufgezogenen Mundwinkel verleihen dem runden Pfannkuchengesicht den aufreizend rätselhaften Ausdruck einer Madonna von Boltraffio.

Plötzlich trifft eine Hundepeitsche den Rücken des knienden Totengräbers. Die Kamera fährt zurück und zeigt den Chef, wie er, die Peitsche in der Hand, von der Höhe seines marmornen Sinai aus wie die Verkörperung der göttlichen Rache herabsieht.

»Gib den Ring wieder her!«

»Was für einen Ring?« stammelt der Mann.

Statt zu antworten, versetzt ihm der Chef ein paar weitere Peitschenschläge.

»Nein! Bitte nicht! Au! Ich gebe ihn zurück. Aufhören!«

Der Übeltäter steckt zwei Finger in den Mund und zieht mit einiger Mühe den prächtigen Diamantring heraus, den der verblichene Brauer erworben haben mußte, als im Zweiten Weltkrieg die Geschäfte so herzerquickend gut gingen.

»Leg ihn zu den übrigen Sachen«, befiehlt der Chef und fährt, als der Mann gehorcht, mit grimmigem Behagen fort: »Fünfundzwanzig Peitschenschläge – das bekommst *du* heute abend.«

Heulend bittet der Mann um Milde – nur dieses eine Mal! In Anbetracht des Umstands, daß morgen das Fest Belials ist ... Und schließlich sei er ein alter Mann, der sein Leben lang getreulich gearbeitet habe und zu dem Rang eines stellvertretenden Aufsehers aufgestiegen sei ...

Der Chef fällt ihm ins Wort.

»Dies ist eine Demokratie«, sagt er. »Vor dem Gesetz sind wir alle gleich. Und das Gesetz sagt, daß alles dem Proletariat gehört. Mit anderen Worten, alles fällt an den Staat. Und was ist die Strafe für Diebstahl am Staatsvermögen?« Der Mann blickt in sprachlosem Elend zu ihm auf. »Nun, was ist die Strafe?« brüllt der Chef, die Peitsche schwingend.

»Fünfundzwanzig Peitschenhiebe«, kommt fast unhörbar die Antwort.

»Gut. Die Frage ist also geklärt. Jetzt zu dem Anzug. Wie ist er?«

Das jüngere und schlankere der beiden Mädchen beugt sich über den Toten und betastet das schwarze zweireihige Jackett.

»Guter Stoff«, sagt sie. »Und keine Flecken. Es ist nichts durchgekommen.«

»Ich werde die Sachen anprobieren«, sagt der Chef.

Nicht ohne Schwierigkeiten ziehen sie dem Leichnam Hose, Rock und Hemd aus, werfen ihn dann in das Grab zurück und schaufeln die Erde auf die Hemdhose. Der Chef nimmt unterdessen die Kleidungsstücke an sich und schnüffelt kritisch an ihnen herum. Dann entledigt er sich seines perlgrauen Jacketts, das einst dem Produktionsleiter der *Western-Shakespeare Pictures Inc.* gehört hatte, und schlüpft statt dessen in das Produkt einer konservativeren Schneiderkunst, wie sie besser zum Bier und zur Goldenen Regel paßt.

Sprecher

Versetzen Sie sich einmal an seine Stelle. Vielleicht wissen Sie es nicht, aber eine komplette Krempelmaschine besteht aus einer Kardenkanne und einem Kannenstock, aus Kalanderwalzen, Schleiflager und Abnehmer und so weiter. Wenn man keine Krempelmaschine und keinen elektrischen Webstuhl besitzt, auch keinen Elektromotor, mit dem er betrieben werden könnte, so wenig wie einen Dynamo zur Stromerzeugung, geschweige denn Turbinen zum Antrieb von Dynamos oder Kohle zur Erzeugung von Dampf und Hochöfen für die Stahlerzeugung – ja, dann ist man natürlich, was feine Kleidung angeht, auf die Friedhöfe angewiesen, auf die Gräber derer, die sich einst solcher Vorteile rühmen konnten. Freilich konnte man, solange die radioaktive Verseuchung anhielt, selbst die Friedhöfe nicht ausbeuten, und drei Generationen hindurch führte der schwindende Rest derer, die die Vollendung des technischen Fortschritts überlebt hatten, ein schwieriges und gefährdetes Dasein in einer Wüstenei. Erst in den letzten dreißig Jahren ist es für diese Leute nicht mehr mit Gefahr verbunden, wenn sie sich der Überreste des *confort moderne* bedienen, die sie in den Gräbern finden.

Großaufnahme des Chefs, der grotesk aussieht in dem ausgeliehenen Jackett eines Mannes, der viel kürzere Arme, aber einen sehr viel dickeren Bauch als er gehabt hatte. Das Geräusch von näher kommenden Schritten läßt den Aufseher herumfahren.

In einer von seinem Standort aus aufgenommenen Totale erkennen wir Dr. Poole, der, die Hände auf dem Rücken gefesselt, mühsam durch den Sand stapft. Ihm folgen die drei Männer, die ihn gefangengenommen haben. Sobald Dr. Poole stolpert oder langsamer geht, stechen sie ihn von hinten mit nadelscharfen Yuccablättern und lachen unbändig, wenn er zusammenzuckt.

Verblüfft schweigend, beobachtet der Chef die näher kommende Gruppe.

»Was in Belials Namen . . .?« bringt er schließlich hervor.

Vor dem Mausoleum macht der kleine Trupp halt. Die drei Begleiter Dr. Pooles verbeugen sich vor dem Chef und erstatten Bericht. Sie seien gerade mit ihrem Boot – aus überzogenem Weidengeflecht – beim Fischen vor dem Redondo-Strand gewesen, als plötzlich aus dem Nebel ein gewaltiges, seltsames Schiff auftauchte. Darauf paddelten sie sofort ans Ufer zurück, um einer Entdeckung zu entgehen. Von der Ruine eines alten Hauses aus hatten sie die Landung der Fremden beobachtet. Es waren dreizehn. Dann war dieser Mann zusammen mit einer Frau beim Umherstreifen bis an die Schwelle ihres Verstecks gekommen. Die Frau habe sich wieder entfernt, und während der Mann mit einem kleinen Spaten in der lockeren Erde grub, hätten sie sich von hinten auf ihn gestürzt, ihn geknebelt und gefesselt und ihn nun hierher zum Verhör gebracht.

Darauf folgt langes Schweigen, das schließlich der Chef bricht.

»Sprechen Sie Englisch?«

»Ja«, stammelt Dr. Poole, »ich spreche Englisch.«

»Gut! Bindet ihn los und hievt ihn herauf!«

Sie befolgen den Befehl – in so unzeremonieller Weise, daß Dr. Poole auf allen vieren zu Füßen des Chefs landet.

»Sind Sie Priester?«

»Priester?« wiederholt Dr. Poole ängstlich und verwundert. Er schüttelt den Kopf.

»Warum tragen Sie dann keinen Bart?«

»Ich rasiere mich.«

»Also dann sind Sie nicht ...« Der Chef fährt mit dem Finger über Kinn und Wangen Dr. Pooles. »Ich verstehe. Stehen Sie auf!«

Dr. Poole gehorcht.

»Wo kommen Sie her?«

»Aus Neuseeland.«

Dr. Poole schluckt vor Erregung. Wenn er nur nicht einen so trockenen Mund hätte und seine Stimme nicht so zitterte vor Angst.

»Neuseeland? Ist das weit?«

»Sehr weit.«

»Sie sind mit einem großen Schiff gekommen? Einem Segelschiff?«

Dr. Poole nickt; und in seinem dozierenden Ton, den er immer annimmt, wenn ein persönlicher Kontakt schwierig zu werden droht, erklärt er, warum sie den Pazifik nicht mit einem Dampfschiff überqueren konnten.

»Wir hätten uns unterwegs nirgends mit Kohle versorgen können. Unsere Reedereien können Dampfschiffe nur für die Küstenschiffahrt einsetzen.«

»Dampfschiffe?« fragt der Chef, und ein plötzliches Interesse belebt sein Gesicht. »Sie haben noch Dampfschiffe? Das kann nur bedeuten, daß es bei Ihnen nicht passiert ist.«

Dr. Poole zeigt eine ratlose Miene.

»Ich verstehe nicht ganz. *Was* nicht passiert ist?«

»*Es*. Sie verstehen – als *Er* die Herrschaft übernahm.«

Beide Hände an die Stirn führend, macht der Chef mit ausgestreckten Zeigefingern das Zeichen des Gehörnten. Voll frommem Eifer folgen seine Untertanen seinem Beispiel.

»Meinen Sie den Teufel?« fragt Dr. Poole zweifelnd.

Der andere nickt.

»Aber – ich muß schon sagen . . .«

Sprecher

Unser Freund ist zwar ein braves Mitglied einer »freien« Kirchengemeinde, gehört aber leider zum liberalen Flügel der Kongregationalisten. Das heißt, er hat dem Fürsten dieser Welt nie seinen ontologischen Tribut gezollt. Oder, um es grob zu sagen, er glaubt nicht an ihn.

»Ja. Er übernahm die Macht«, erklärt der Chef. »Er hatte den Kampf gewonnen und nahm nun von jedermann Besitz. Das war damals, als dies alles geschah.«

Mit einer weiten, umfassenden Gebärde weist er auf die Stätte der Verödung, die einmal Los Angeles hieß. In Dr. Pooles Miene leuchtet Verständnis auf.

»Jetzt verstehe ich. Sie sprechen vom Dritten Weltkrieg. Nein, da hatten wir Glück. Wir sind ohne Schrammen davongekommen. Dank seiner besonderen geographischen Lage«, fährt er in professoralem Ton fort, »war Neuseeland ohne strategische Bedeutung –«

Schroff unterbricht der Chef diesen sich so verheißungsvoll anlassenden Vortrag.

»Dann gibt es bei Ihnen noch die Eisenbahn?« erkundigt er sich.

»Gewiß«, antwortet Dr. Poole ein wenig gereizt. »Aber wie ich gerade sagen wollte –«

»Und Ihre Lokomotiven funktionieren tatsächlich?«

»Selbstverständlich funktionieren sie. Wie ich gerade sagen wollte –«

Doch zur Überraschung von Dr. Poole stößt der Chef einen Jubelschrei aus und klopft dem Wissenschaftler auf die Schulter.

»Dann können Sie uns helfen, alles bei uns wieder in Gang zu setzen. So wie es in der guten alten Zeit war, vor …« Er macht das Zeichen der Hörner. »Wir werden wieder eine Eisenbahn haben, eine richtige Eisenbahn.« Und in ekstatischer Vorfreude zieht er Dr. Poole an sich, legt ihm den Arm um den Hals und gibt ihm einen Kuß auf beide Wangen.

Sich windend vor Verlegenheit, einer Verlegenheit, zu der noch der Ekel kommt (denn der große Mann wäscht sich nur selten und stinkt gräßlich aus dem Mund), macht sich Dr. Poole frei.

»Aber ich bin kein Ingenieur, sondern Botaniker.«

»Was ist das?«

»Ein Botaniker ist ein Mann, der über Pflanzen Bescheid weiß.«

»Über die Kriegsindustrie?« fragt der Chef, plötzlich voller Hoffnung.

»Aber nein, einfach Pflanzen. Etwas mit Blättern, Stengeln und Blüten – wenn man auch«, fügt Dr. Poole rasch hinzu, »die Kryptogamen nicht vergessen darf. Übrigens sind die Kryptogamen meine Spezialität. Wie Sie wahrscheinlich wissen, ist gerade Neuseeland besonders reich an Kryptogamen –«

»Aber kommen wir auf die Lokomotiven zurück!«

»Lokomotiven?« wiederholt Dr. Poole voller Verachtung.

58

»Ich muß Ihnen gestehen, daß ich eine Dampfturbine nicht von einem Dieselmotor unterscheiden kann.«

»Dann können Sie uns also nicht helfen, unsere Eisenbahn wieder betriebsfähig zu machen?«

»Nicht im geringsten.«

Ohne ein weiteres Wort zu verlieren, hebt der Chef das rechte Bein und stemmt den Fuß gegen die Magengrube Dr. Pooles, um darauf das angezogene Knie mit aller Kraft zu strecken.

Großaufnahme von Dr. Poole, wie er sich, schwankend und übel zugerichtet, jedoch ohne Knochenbrüche, von dem Sandhaufen, auf dem er gelandet ist, wieder aufrappelt. Während dieser Einstellung hören wir, wie der Chef seine Leute zusammenruft.

Halbnahe von den Totengräbern und Fischern, die auf seine Rufe hin herbeieilen.

Der Chef zeigt nach unten, auf Dr. Poole.

»Begrabt ihn!«

»Tot oder lebendig?« fragt die drallere der beiden jungen Frauen mit ihrer klangvollen Altstimme.

Der Chef blickt auf sie herab. Aufnahme aus seiner Blickrichtung. Mit sichtlicher Anstrengung wendet er sich ab. Seine Lippen bewegen sich. Er spricht die Stelle aus dem Kleinen Katechismus vor sich hin: »Was ist die Natur des Weibes? Die Antwort: Das Weib ist das Gefäß des Unheiligen Geistes, der Quell der Verderbtheit, der Feind des Menschengeschlechts, der –«

»Tot oder lebendig?« wiederholt die Frau ihre Frage.

Der Chef zuckt die Achseln.

»Wie ihr wollt«, antwortet er mit erzwungener Gleichgültigkeit.

Das dralle junge Mädchen klatscht in die Hände.

»Prima!« ruft sie und wendet sich ihren Kameraden zu. »Los, Jungens, jetzt wollen wir ein bißchen Spaß haben!«

Sie umringen Dr. Poole, heben den Schreienden hoch und lassen ihn dann, in aufrechter Haltung, in das halbleere Grab des Leitenden Direktors der *Golden Rule Brewing Corporation* herab. Während ihn das Mädchen festhält, schaufeln die Männer das Grab mit lockerer Erde wieder zu. Es dauert nicht lange, und schon ist er bis zu den Hüften begraben.

Auf der Tonspur verklingen allmählich die Schreie des Opfers und das erregte Lachen der Henker und gehen in eine Stille über, die von der Stimme des Sprechers unterbrochen wird.

Sprecher

Grausamkeit und Mitleid sind in den Chromosomen
   beschlossen;
Alle Menschen sind barmherzig, und alle sind
   Mörder.
In ihre Schoßhunde vernarrt, bauen sie zugleich
   Konzentrationslager!
Sie brennen ganze Städte nieder und sind lieb zu den
   Waisen.
Sie protestieren gegen die Lynchjustiz, sind aber
   durchaus für Oak Ridge;
Planen eine menschenfreundliche Zukunft, aber
   arbeiten heute noch mit NKWD.
Wen sollen wir verfolgen? Für wen uns einsetzen?
Das hängt von den gerade herrschenden Sitten ab,
Von dem, was die Zeitungen drucken und was aus
   den Lautsprechern tönt,
Davon, ob man aus einem kommunistischen
Kindergarten oder von seiner ersten Kommunion
   kommt.
Nur indem sie ihr eigenes Wesen erkennt,
Hört die Menschheit auf, eine Herde von Affen zu
   sein.

Das Gelächter und das Flehen um Gnade sind jetzt wieder auf der Tonspur. Plötzlich hören wir die Stimme des Chefs.

»Tretet beiseite«, brüllt er. »Ich kann ja nichts sehen.«

Die Männer und Frauen gehorchen, und schweigend blickt der Chef auf Dr. Poole hinab.

»Wenn Sie alles über Pflanzen wissen«, fragt er endlich,

»warum haben Sie dann noch nicht Wurzeln geschlagen da unten?«

Schallendes Gelächter beantwortet den Witz.

»Warum treiben Sie nicht ein paar hübsche rosa Blüten?«

In einer Großaufnahme sehen wir das angstverzerrte Gesicht des Botanikers.

»Gnade! Gnade!«

Seine Stimme überschlägt sich grotesk; ein neuer Ausbruch von Heiterkeit ist die Folge.

»Ich könnte Ihnen nützlich sein. Ich könnte Ihnen zeigen, wie Sie bessere Ernten erzielen. Sie hätten mehr zu essen.«

»Mehr zu essen?« fragt der Chef plötzlich interessiert. Doch dann verzieht er sein Gesicht zu einer wilden Grimasse. »Sie lügen!«

»Ich lüge nicht. Ich schwöre bei Gott dem Allmächtigen.«

Ein Murmeln entrüsteten Widerspruchs ist zu hören.

»Vielleicht ist er in Neuseeland allmächtig«, sagt der Chef. »Aber nicht hier – nicht seit dem bewußten Ereignis.«

»Ich weiß, daß ich Ihnen helfen kann.«

»Sind Sie bereit, das bei Belial zu beschwören?«

Dr. Pooles Vater war Geistlicher, und er selbst besuchte regelmäßig den Gottesdienst. Aber jetzt tut er, was von ihm verlangt wird, und zwar mit geradezu inbrünstigem Eifer.

»Bei Belial! Ich schwöre bei Belial dem Allmächtigen!«

Alle machen das Zeichen der Hörner. Ein langes Schweigen folgt.

»Grabt ihn aus!«

»Aber, Chef«, protestiert das dralle junge Mädchen. »Das ist nicht fair!«

»Grab ihn aus, du Gefäß des unheiligen Geistes!«

Sein Ton duldet keinen Widerspruch, und sie graben mit solchem Eifer, daß Dr. Poole in weniger als einer Minute wieder aus dem Grab heraus ist und nun, recht wackelig auf den Beinen, vor dem Mausoleum steht.

»Danke«, bringt er gerade noch hervor. Aber dann geben seine Knie nach, und er verliert das Bewußtsein.

Ein Chor von gutmütig-verachtungsvollem Gelächter ist die Folge davon.

Der Chef beugt sich von seinem marmornen Hochsitz hinab. »Du da, rothaariges Gefäß, nimm das hier!« Und er reicht dem jungen Mädchen eine Flasche. »Er soll davon trinken«, befiehlt er. »Er muß wieder laufen können, denn wir gehen zur Zentrale zurück.«

Die junge Frau läßt sich neben Dr. Poole nieder, richtet seinen schlaffen Körper auf und lehnt, gegen das ausdrückliche Verbot, sein schwankendes Haupt an ihren Busen. Dann flößt sie ihm das Stärkungsmittel ein.

Überblendung auf eine Straße. Vier der bärtigen Männer tragen den Chef in einer Sänfte. Die anderen stapfen langsam durch den Treibsand hinterher. Hier und da liegen unter dem Schutzdach einer zerstörten Tankstelle oder auch in dem offenstehenden Eingang eines Bürohauses Haufen menschlicher Gebeine.

Nahaufnahme von Dr. Poole. Die Flasche in der rechten Hand, geht er ein wenig unsicher, während er voller Gefühl »Annie Laurie« vor sich hin singt. Der schwere Rotwein, auf leeren Magen getrunken – zudem den leeren Magen eines Mannes, dessen Mutter von jeher Alkoholgegner »aus Gewissensgründen« gewesen ist – hat prompt seine Wirkung getan.

»Für die hübsche Annie Laurie
Gäbe ich mein Leben hin . . .«

Mitten in der letzten Strophe erscheinen die beiden jungen Totengräberinnen im Bild. Die Dralle holt den Sänger ein und versetzt ihm einen freundschaftlichen Klaps auf den Rücken. Dr. Poole zuckt zusammen und dreht sich um. Er hat plötzlich wieder ein ängstliches Gesicht. Aber ihr Lächeln beruhigt ihn.

»Ich heiße Flossie«, sagt sie. »Ich hoffe, Sie sind mir nicht böse, weil ich Sie begraben wollte?«

»Aber nein, ganz und gar nicht«, beteuert Dr. Poole in einem Ton, als versichere er der jungen Dame, er habe nichts dagegen einzuwenden, daß sie eine Zigarette rauche.

»Sie müssen nicht denken, daß ich etwas gegen Sie hätte«, sagt Flossie.

»Selbstverständlich nicht.«

»Ich hatte nur Lust, einmal wieder richtig zu lachen.«

»Es ist schon in Ordnung.«

»Die Leute sehen zum Schreien komisch aus, wenn sie begraben werden.«

»Zum Schreien komisch«, pflichtet ihr Dr. Poole bei und zwingt sich zu einem nervösen Kichern.

Um sich mehr Mut zu machen, stärkt er sich wieder mit einem Schluck aus der Flasche.

»Also dann auf später!« verabschiedet sich Flossie. »Ich muß jetzt gehen und mit dem Chef sprechen, wegen der Verlängerung der Ärmel an seinem neuen Jackett.«

Noch ein Klaps auf die Schulter, und sie eilt weiter.

Dr. Poole bleibt mit ihrer Gefährtin zurück. Verstohlen betrachtet er sie von der Seite. Sie ist achtzehn Jahre, sie hat rotes Haar und Grübchen, ein reizendes Gesicht und einen schlanken jugendlichen Körper.

»Ich heiße Loola«, verrät sie ihm. »Und Sie?«

»Alfred«, antwortet Dr. Poole. »Meine Mutter war eine große Bewunderin von *In Memoriam*«, fügt er beiläufig hinzu.

»Alfred«, wiederholt das rothaarige Mädchen. »Dann werde ich Sie Alfie nennen. Ich will Ihnen etwas sagen, Alfie: In Wirklichkeit kann ich diese öffentlichen Begräbnisse gar nicht leiden. Ich weiß nicht, warum ich anders als die anderen bin, aber ich kann nicht darüber lachen. Ich finde absolut nichts Komisches dabei.«

»Das höre ich gern«, sagt Dr. Poole.

»Wissen Sie, Alfie«, fährt sie nach einer Weile fort, »daß Sie ein wirklich glücklicher Mann sind?«

»Glücklich?«

Lola nickt.

»Zunächst einmal, man hat Sie wieder ausgegraben – und *das* habe ich noch nie zuvor erlebt –, und jetzt gehen Sie auch noch zur Feier der Reinigung.«

»Feier der Reinigung?«

»Aber ja, morgen haben wir den Belial-Tag«, erklärt sie angesichts seiner ratlosen Miene. »Wollen Sie vielleicht sagen, Sie wüßten nicht, was am Vorabend des Belial-Tages geschieht?«

Dr. Poole schüttelt den Kopf.

»Wann haben *Sie* denn Ihren Reinigungs-Tag?«

»Nun, wir nehmen täglich ein Bad«, sagt Dr. Poole, der gerade jetzt – und das nicht zum erstenmal – bemerken muß, daß Loola das eindeutig nicht tut.

»Nicht doch«, sagt sie unwillig. »Ich meine die ›Reinigung der Rasse‹.«

»Wie? Der Rasse?«

»Ja, zum Teufel, eure Priester lassen doch auch nicht die mißgebildeten Kinder am Leben, oder?«

Schweigen. Dann pariert Dr. Poole mit einer Gegenfrage.

»Werden denn hier viele Kinder mit Mißbildungen geboren?«

Loola bejaht mit einem Kopfnicken.

»Seit damals – seitdem Er die Herrschaft übernommen hat.« Sie macht das Zeichen der Hörner. »Davor soll es keine gegeben haben.«

»Hat Ihnen schon mal jemand etwas über die Wirkung von Gammastrahlen gesagt?«

»Gammastrahlen? Was ist das?«

»Der Grund für alle diese mißgebildeten Kinder.«

»Sie wollen mir doch nicht einreden, daß es nicht Belial ist?« Es klingt entrüstet und argwöhnisch, und sie mißt ihn mit einem Blick, wie ihn der heilige Dominikus einem Albigenser-Ketzer hätte zuwerfen können.

»Aber nein, natürlich nicht«, versichert ihr schleunigst Dr. Poole. »Er ist die Grundursache, das versteht sich von selbst.« Noch ungeübt, macht er unbeholfen das Zeichen der Hörner. »Ich wollte nur etwas über die Natur der mehr vordergründigen Ursachen sagen – über die Mittel, deren Er sich zur Erreichung Seiner ... Seiner höchsten Absichten bedient, wenn Sie mich recht verstehen wollen.«

Seine Worte und mehr noch die fromme Geste, mit der er sie begleitet, beschwichtigen Loolas Argwohn. Die Grübchen in ihren Wangen werden lebendig wie ein Paar bezaubernder kleiner Wesen, die unabhängig von allem übrigen im Gesicht Loolas eine geheime autonome Existenz führen. Dr. Poole erwidert das Lächeln des jungen Mädchens, wendet den Blick aber sogleich wieder ab und errötet bis zu den Haarwurzeln.

Sprecher

Infolge des enormen Respekts vor seiner Mutter ist unser armer Freund mit seinen achtunddreißig Jahren noch immer unverheiratet geblieben. Durch seine unnatürliche Pietät am Heiraten gehindert, hat er sein halbes Leben lang vor heimlichen Begierden gebrannt. Da er es für ein Sakrileg hält, eine tugendhafte junge Dame aufzufordern, sein Bett zu teilen, lebt er unter dem Schutzschild akademischer Ehrbarkeit in einer insgeheim brodelnden Welt, wo erotische Phantasien ihn in einen Zustand marternder Reue versetzen und wo pubertäre Wünsche in ständigem Konflikt mit den mütterlichen Geboten stehen. Und nun ist da Loola – Loola ohne den geringsten Anspruch auf Bildung oder gute Erziehung, eine Loola *au naturel* mit ihrem Duft von Moschus, der ja im Grunde etwas Faszinierendes hat. Da ist es denn nicht zu verwundern, wenn Dr. Poole errötet und (übrigens gegen seinen Willen, denn er möchte sie liebend gern weiter mit den Augen verschlingen) seinen Blick von ihr abwendet.

Um sich zu trösten, aber auch um sich Mut anzutrinken, greift er noch einmal zur Flasche. Der Boulevard verengt sich jetzt und wird zum einfachen Fußweg zwischen zwei Sanddünen.

»Nach Ihnen«, sagt Dr. Poole mit höflicher Verbeugung.

Mit einem Lächeln dankt Loola für eine Artigkeit, an die sie hier, wo die Männer stets den Vortritt haben und die Gefäße des Unheiligen Geistes immer nach ihnen kommen, nicht gewöhnt ist.

Fahraufnahme von Loolas Rücken, gesehen von Dr. Poole aus. NEIN, NEIN; NEIN, NEIN; NEIN, NEIN, Schritt für Schritt in wogendem Wechsel. Schnitt zu einer Nahaufnahme von Dr. Poole, wie er die Augen aufreißt, und von Dr. Pooles Gesicht zurück wieder zu dem Rücken Loolas.

Sprecher

Dies ist das sichtbare, das faß- und greifbare Sinnbild seines geheimen Bewußtseins. Seine Grundsätze im Konflikt mit seiner Sinnlichkeit; seine Mutter und das sechste Gebot, die seine Wunschträume und das Geheimnis des Lebens unterdrücken.

Die Dünen weichen zurück, und die Straße ist wieder so breit, daß zwei Personen nebeneinander gehen können. Dr. Poole wirft einen verstohlenen Blick auf das Gesicht seiner Begleiterin und findet es melancholisch überschattet.

»Was haben Sie denn?« fragt er besorgt und fügt seiner Frage tollkühn ein »Loola« hinzu, wobei er das Mädchen am Arm faßt.

»Es ist schrecklich«, sagt sie in stiller Verzweiflung.

»Was ist denn schrecklich?«

»Alles. Man gibt sich Mühe, nicht daran zu denken. Aber leider gehört man zu denen, die nicht anders können und immer wieder daran denken. Da verliert man fast den Verstand. Immerzu an jemanden denken und nach ihm Sehnsucht haben. Und zu wissen, es ist verboten, und diese Todesangst vor dem, was geschieht, wenn sie dahinterkommen. Und doch gäbe man alles in der Welt für nur fünf Minuten. Nur fünf Minuten frei sein! Aber nein, nein, nein! Man ballt die Faust und hält sich zurück – es ist ein Gefühl, als würde man in Stücke gerissen. Und dann auf einmal, nach all diesem Leiden – « Sie bricht ab.

»Dann auf einmal was?« fragt Dr. Poole.

Sie mustert ihn aufmerksam, findet aber in seiner Miene nur den Ausdruck eines fragenden und wahrhaft unschuldigen Nichtbegreifens.

»Ich werde nicht klug aus Ihnen«, sagt sie schließlich. »Stimmt es, was Sie dem Chef gesagt haben? Ich meine, daß Sie kein Priester sind?«

Sie errötet plötzlich.

»Wenn Sie mir nicht glauben«, erklärt Dr. Poole mit vom Wein beschwingter Galanterie, »bin ich bereit, es zu beweisen.«

Sie sieht ihn einen Augenblick an, schüttelt dann den Kopf und wendet sich wie erschrocken ab. Nervös streicht sie mit der Hand über ihre Schürze.

»Außerdem«, fährt er, ermutigt durch ihre soeben entdeckte Schüchternheit, fort, »haben Sie mir noch nicht gesagt, was dann auf einmal geschieht.«

Ängstlich schaut Loola um sich, um sicher zu sein, daß niemand sie hören kann. Dann sagt sie, fast flüsternd:

»Auf einmal aber nimmt Er von jedermann Besitz. Wochenlang zwingt er jeden, an diese Dinge zu denken – und dabei ist es gegen das Gesetz. Es ist sündhaft. Die Männer werden so wild, daß sie einen schlagen und ›Gefäß‹ nennen, so wie es die Priester tun.«

»Wieso ›Gefäß‹?«

»Ein Gefäß des Unheiligen Geistes.«

»Ach so, ich verstehe.«

»Und dann kommt der Belials-Tag«, fährt sie nach einer Weile fort, »und da ... aber Sie wissen ja, was das bedeutet. Und wenn man ein Kind bekommt, muß man darauf gefaßt sein, von Ihm für das bestraft zu werden, wozu er uns doch gezwungen hat.« Schaudernd macht sie das Zeichen der Hörner. »Ich weiß«, fügt sie hinzu, »daß wir Seinen Willen hinnehmen müssen. Aber wenn ich je ein Kind haben sollte, dann hoffe ich nur, daß es ein gesundes Kind sein wird.«

»Natürlich wird es ein gesundes Kind«, ruft Dr. Poole aus. »Schließlich ist ja auch mit *Ihnen* alles in Ordnung.«

Entzückt von seiner eigenen Kühnheit, blickt er an ihr hinunter.

Großaufnahme aus seiner Perspektive. NEIN, NEIN, NEIN, NEIN, NEIN, NEIN ...

Traurig schüttelt Loola den Kopf.

»Da sind Sie im Irrtum«, sagt sie. »Ich habe ein Paar Brustwarzen zuviel.«

»Ah«, sagt Dr. Poole in einem Ton, der uns verrät, daß der Gedanke an seine Mutter für den Augenblick die Wirkung des Rotweins ausgeschaltet hat.

»Nicht, daß das ernstlich ins Gewicht fiele«, fügt Loola hastig hinzu. »Es kommt in den besten Kreisen vor und ist vollkommen legal. Bis zu drei Paar sind erlaubt. Ebenso bis zu sieben Zehen und sieben Fingern. Aber alles, was darüber hinausgeht, wird bei der Feier der Reinigung liquidiert. Meine Freundin Polly zum Beispiel – sie hat in diesem Jahr ein Kind bekommen. Es ist ihr erstes, und es hat vier Paar Brustwarzen und keine Daumen. Es besteht keine Hoffnung für das Kind. Es ist praktisch schon verurteilt. Und der Mutter hat man schon den Kopf kahlgeschoren.«

»Man hat ihr den Kopf kahlgeschoren?«

»Das geschieht mit allen Frauen, deren Kinder liquidiert werden.«

»Warum denn nur?«

Loola zuckt mit den Achseln:

»Um sie daran zu erinnern, daß Er der Teufel ist.«

Sprecher

»Um es drastisch«, ich zitiere Schroedinger, »wenn auch vielleicht ein bißchen naiv zu sagen, so kann die Gefährlichkeit einer Ehe zwischen Geschwisterkindern noch wesentlich erhöht werden, falls ihre Großmutter längere Zeit als Röntgenschwester gearbeitet hat. Gewiß braucht das niemanden zu sorgen. Aber andererseits sollte doch jede Möglichkeit einer allmählichen Gefährdung des menschlichen Geschlechts durch unerwünschte latente Mutationen für jedermann ein Gegenstand ernster Erwägung sein.« So sollte es sein, aber, unnötig zu sagen, es ist nicht so. In Oak Ridge wird in drei Schichten während vierundzwanzig Stunden gearbeitet. An der Küste von Cumberland entsteht ein Atomkraftwerk, und nur der Himmel weiß, was Kapitza auf der anderen Seite des Eisernen Vorhangs auf dem Ararat vorbereitet und was für Überraschungen die wundervolle russische Seele, über die Dostojewski sich so lyrisch zu äußern pflegte, nun für die russischen Leichen und für die Kadaver der Kapitalisten und Sozialdemokraten bereithält.

Wieder versperrt Sand die Straße, und Dr. Poole und Loola weichen auf einen sich zwischen den Dünen entlangschlängelnden Weg aus. Auf einmal sind sie allein wie mitten in der Wüste Sahara.

Fahraufnahme, von Dr. Poole aus gesehen. NEIN NEIN NEIN NEIN ... Loola bleibt stehen und dreht sich nach ihm um. NEIN NEIN NEIN. Die Kamera schwenkt zu ihrem Gesicht hoch, und er sieht, daß es einen tragischen Ausdruck hat.

Sprecher

Das siebente Gebot, das Geheimnis des Lebens. Aber da ist noch ein anderes Geheimnis, auf das man nicht einfach mit einem partiellen Verbot oder einer bruchstückhaften Zurschaustellung von Lust reagieren kann – das Geheimnis der Persönlichkeit.

»Ich will nicht, daß sie mir die Haare abschneiden«, sagt Loola mit brechender Stimme.

»Aber das werden sie ja auch nicht tun.«

»Doch.«

»Das können sie nicht, das dürfen sie nicht.« Und, von der eigenen Kühnheit überrascht, fügt Dr. Poole hinzu: »Dazu ist Ihr Haar viel zu schön.«

Aber Loola, noch immer mit tragischer Miene, schüttelt den Kopf.

»Ich spüre es in den Knochen«, sagt sie. »Ich weiß einfach, daß mein Kind mehr als sieben Finger haben wird. Sie werden es töten, und sie werden mir das Haar abschneiden, sie werden mich schlagen – und dabei zwingt Er uns doch zu diesen Dingen.«

»Was für Dinge?«

Einen Augenblick sieht sie ihn schweigend an. Dann senkt sie, mit einem Ausdruck beinahe des Grauens, den Blick.

»Er *will,* daß wir unglücklich sind.«

Sie wirft die Hände vor ihr Gesicht und gibt sich einem unbeherrschten Schluchzen hin.

Sprecher

Innen der Wein, und außen der Moschushauch,
Der von diesen zum Greifen nahen, warmen, reifen,
Gerundeten und zum Anbeißen lockenden
Geheimnissen des Lebens ausgeht ... Und jetzt ihre
Tränen, ihre Tränen ...

Dr. Poole nimmt die junge Frau in die Arme und streicht ihr, die an seiner Schulter schluchzt, mit all der Zärtlichkeit eines normalen Mannes, der er für den Augenblick geworden ist, über das Haar.

»Bitte, nicht weinen«, flüstert er. »Es wird alles gut werden. Ich werde immer da sein. Ich werde nicht zulassen, daß sie dir etwas tun.«

Allmählich läßt sie sich trösten. Ihr Schluchzen wird leiser und verstummt endlich ganz. Sie blickt zu ihm auf, und ihr Lächeln unter Tränen ist so unverkennbar das Lächeln einer verliebten Frau, daß jeder außer Dr. Poole auf der Stelle der Aufforderung gefolgt wäre. Aber die Sekunden vergehen, und während er noch zögert, verändert sich ihr Ausdruck von neuem. Sie senkt die Augenlider über ein Geständnis, das, wie sie plötzlich empfindet, zu freimütig gewesen war, und wendet sich ab.

»Verzeihen Sie«, murmelt sie und reibt sich mit den Knöcheln einer ein wenig schmutzigen Kinderhand die Tränen aus dem Gesicht.

Dr. Poole nimmt sein Taschentuch und trocknet ihr damit behutsam die Augen.

»Sie sind so lieb«, sagt sie. »Gar nicht wie die Männer hier.«

Sie lächelt ihn wieder an. Wie ein Paar entzückende scheue Tiere, die sich aus ihrem Versteck wagen, erscheinen wieder ihre Grübchen.

So impulsiv, daß ihm keine Zeit bleibt, von seinem eigenen Tun überrascht zu sein, nimmt Dr. Poole ihr Gesicht in seine Hände und küßt sie auf den Mund.

Nur einen Augenblick bietet Loola ihm Widerstand. Dann überläßt sie sich ihm mit einer so vollkommenen Selbstaufgabe, daß ihre Hingabe aktiver ist als seine Umarmung.

Auf der Tonspur geht »Schenk mir Befriedigung!« in den *Liebestod* aus »Tristan« über.

Plötzlich erstarrt Loola vor Angst. Sie stößt Dr. Poole weg und blickt wild zu ihm auf. Dann wendet sie sich ab und wirft ihm einen Blick über die Schulter zu, in dem Furcht und Schuldbewußtsein liegen.

»Loola!«

Dr. Poole versucht, sie wieder an sich zu ziehen, aber sie reißt sich los und läuft auf dem schmalen Fußweg davon.

NEIN NEIN, NEIN NEIN, NEIN NEIN ...

Wir überblenden zur Ecke von Fifth Street und Pershing Square. Wie früher ist der Platz der Mittelpunkt des kulturellen Lebens der Stadt. Aus einem seichten Brunnen vor der Philharmonie schöpfen zwei Frauen Wasser in einen Schlauch aus Ziegenleder, den sie in irdene Krüge leeren, die von wieder anderen Frauen fortgetragen werden. Von einer zwischen zwei rostigen Laternenpfählen festgemachten Stange hängt der Rumpf eines frischgeschlachteten Ochsen. In einer Wolke von Fliegen steht ein Mann und weidet mit einem Messer das Tier aus.

»Das sieht ja gut aus«, bemerkt der Chef jovial.

Der Schlächter grinst und macht mit blutbefleckten Fingern das Zeichen der Hörner.

Ein paar Schritte davon entfernt befinden sich die Gemeinschaftsbacköfen. Der Chef läßt halten und nimmt gnädig ein Stück frischgebackenes Brot entgegen. Noch während er ißt, kommen zehn bis zwölf kleine Jungen ins Bild. Sie schwanken unter der für ihre Schultern viel zu großen Last von Heizmaterial, das sie aus der nahe gelegenen Staatsbibliothek besorgt haben. Sie werfen ihre Bürde zu Boden und beeilen sich, von den Erwachsenen mit Schlägen und Flüchen angetrieben, mehr zu holen. Einer der Bäcker öffnet eine Ofentür und geht daran, die Bücher ins Feuer zu schaufeln.

Der Gelehrte und Bücherliebhaber in Dr. Poole ist angesichts dieses Schauspiels aufs tiefste empört.

»Das ist ja entsetzlich!« protestiert er.

Der Chef lacht nur.

»Hinein mit der ›Phänomenologie des Geistes‹ – heraus mit dem Weißbrot. Und es ist ein verdammt gutes Brot!«

Er beißt noch einmal ab.

Indessen hat sich Dr. Poole gebückt und im letzten Augenblick einen hübschen kleinen Band Shelley im Duodezformat vor der sicheren Vernichtung bewahrt.

»Dank G-«, beginnt er, erinnert sich aber glücklicherweise, wo er ist, und hält sich gerade noch rechtzeitig zurück.

Er läßt den Band in seine Tasche gleiten und wendet sich dann an den Chef: »Aber wie steht es denn um die Kultur? Um das gemeinsame Erbe des von der Menschheit so mühsam erworbenen Wissens? Um das Beste, was gedacht wurde und –?«

»Die Leute können nicht lesen«, antwortet ihm der Chef mit vollem Mund. »Nein, das ist nicht ganz richtig. Wir bringen ihnen bei, wenigstens *das* da zu lesen.«

Er zeigt mit dem Finger. Halbnahe aus seiner Sicht von Loola – Loola mit Grübchen und allem anderen, auch mit dem großen roten NEIN auf ihrem Schurz und den beiden kleineren NEINs auf ihrer Bluse.

»Mehr brauchen sie nicht zu lernen. Und nun«, befiehlt er seinen Trägern, »vorwärts!«

Fahraufnahme von der Sänfte, wie sie durch den jetzt türlosen Eingang des einstigen Biltmore-Café-Restaurants getragen wird. Hier, in einem übelriechenden Zwielicht, stehen zwanzig bis dreißig Frauen vor primitiven Webstühlen, wie sie die Indianer in Mittelamerika benutzen. Es sind Frauen mittleren Alters, aber auch junge Frauen und Mädchen.

»Keines dieser Gefäße hat in dieser Saison ein Kind bekommen«, erklärt der Chef dem Botaniker. Stirnrunzelnd schüttelt er den Kopf. »Entweder bringen sie Mißgeburten zur Welt, oder sie sind unfruchtbar. Womit wir unser Menschenmaterial auffrischen sollen, weiß allein Belial …«

Sie gehen weiter hinein in den Raum und kommen an einer Gruppe von drei- bis vierjährigen Kindern vorbei, die von einem schon betagten »Gefäß« mit Wolfsrachen und vierzehn Fingern beaufsichtigt wird. Dann machen die beiden Männer unter einem Torbogen halt, der in einen zweiten, nur wenig kleineren Speisesaal führt.

Während der Sequenz hören wir einen Chor jugendlicher Stimmen, die unisono die einleitenden Sätze des Kleinen Katechismus sprechen.

»Frage: Was ist das Hauptziel des Menschen? Antwort: Das Hauptziel des Menschen ist es, Belial zu versöhnen, ihn zu bitten, Seine Feindschaft von uns abzuwenden, und so lange wie möglich der Vernichtung zu entgehen.«

Schnitt. Großaufnahme von Dr. Pooles Gesicht, das Verblüffung und wachsendes Grauen zeigt. Dann Totale, von Poole aus gesehen. In fünf Zwölferreihen stehen sechzig Jungen und Mädchen im Alter zwischen dreizehn und fünfzehn Jahren in kerzengerader Haltung und leiern, so geschwind sie nur können, mit schrillen, rauhen und eintönigen Stimmen ihren Text herunter. Ihnen gegenüber sitzt auf dem Podium ein kleiner dicker Mann in einer langen Robe aus schwarz-weißen Ziegenfellen, auf dem Haupt eine Pelzmütze mit steifer Ledereinfassung, an der zwei mittelgroße Hörner angebracht sind. Sein bartloses fahles Gesicht glänzt von Schweiß, den er immer wieder mit dem rauhen Ärmel seiner Soutane abwischt.

Schnitt zurück auf den Chef, der sich hinabbeugt und Dr. Poole auf die Schulter tippt.

»Das«, flüstert er ihm zu, »ist unser führender Lehrer der Angewandten Satanischen Wissenschaft. Er ist eine wahre Koryphäe auf dem Gebiet des Bösartigen Animalischen Magnetismus.«

Während der ganzen Einstellung hören wir das mechanische Geplapper der Kinder.

»Frage: Zu welchem Schicksal ist der Mensch bestimmt? Antwort: Belial hat, weil es Ihm gefallen hat, von Ewigkeit her alle jetzt Lebenden zur ewigen Verdammnis auserkoren.«

»Warum trägt er Hörner?« fragt Dr. Poole.

»Er ist Archimandrit«, erklärt der Chef. »Er kann jeden Tag mit der Verleihung des dritten Horns rechnen.«

Schnitt zur Halbtotalen vom Podium.

»Ausgezeichnet«, läßt sich der Lehrer der Satanischen Wissenschaft mit einer Stimme vernehmen, die hoch und piepsend ist wie die Stimme eines ganz besonders streberischen und selbstgefälligen kleinen Jungen. »Ausgezeichnet!« Er wischt sich den Schweiß von der Stirn. »Und nun erklärt mir, warum ihr die ewige Verdammnis verdient.«

Einen Augenblick herrscht Schweigen. Dann antworten die Kinder in einem ein wenig holperigen Chor, der jedoch bald zu lauter Einstimmigkeit anschwillt.

»Belial hat uns in allen Teilen unseres Wesens verdorben und schlecht gemacht. Darum sind wir, allein wegen unserer Verderbtheit, zu Recht von Belial verdammt.«

Der Lehrer nickt zustimmend.

»Das ist«, so quiekt er voller Salbung, »die unerforschliche Gerechtigkeit des Herrn der Fliegen.«

»Amen!« antworten die Kinder.

Alle machen das Zeichen der Hörner.

»Und was ist eure Pflicht gegen euren Nächsten?«

»Meine Pflicht gegen meinen Nächsten«, so kommt im Chor die Antwort, »besteht darin, daß ich mein Bestes tue, ihn zu hindern, mir anzutun, was ich ihm antun möchte; meinen Vorgesetzten zu gehorchen; in absoluter Keuschheit zu leben, außer in den auf den Belialstag folgenden zwei Wochen; und meine Pflicht dort zu tun, wohin es Belial gefallen hat, mich zu verdammen.«

»Was ist die Kirche?«

»Die Kirche ist der Leib, dessen Haupt Belial ist und alle von Ihm Besessenen die Glieder.«

»Sehr gut«, lobt der Lehrer, und fährt, sich den Schweiß aus dem Gesicht wischend, fort: »Und jetzt brauche ich ein junges Gefäß.«

Er läßt den Blick über die Reihen seiner Schüler gleiten. Dann streckt er den Zeigefinger aus.

»Du da hinten. Dritte von links in der zweiten Reihe. Das Gefäß mit dem flachsblonden Haar. Komm her!«

Schnitt zurück auf die Gruppe mit der Sänfte.

Die Träger grinsen in freudiger Erwartung, und sogar der Chef lächelt mit vollen Lippen, die umrahmt vom schwarzen Gekräusel des Vollbarts, überaus feucht, rot und fleischig wirken. Aber auf Loolas Gesicht ist kein Lächeln zu sehen. Bleich, die Hand auf den Mund gepreßt, beobachtet sie mit aufgerissenen Augen die Vorgänge, und in ihren Zügen steht das Grauen

74

eines Menschen, der dieses Martyrium schon selbst durchlebt hat. Dr. Poole sieht sie von der Seite an, blickt dann wieder auf das Opfer, das wir jetzt aus dem Blickwinkel Dr. Pooles sehen, wie es sich langsam dem Podium nähert.

»Hier herauf!« befiehlt die quäkende Kinderstimme im Ton unangefochtener Autorität. »Stell dich hier zu mir. Und jetzt sieh die Klasse an!«

Das Mädchen gehorcht.

Nahaufnahme von einem hochgewachsenen schlanken Mädchen von fünfzehn Jahren, das das Gesicht einer nordischen Madonna hat. NEIN steht demonstrativ auf dem am Bund ihrer zerlumpten Fischerhose befestigten Schurz; NEIN und NEIN liest man auf den Flicken über ihren knospenden Brüsten.

Anklagend zeigt der Lehrer mit dem Finger auf sie.

»Nun schaut euch das an!« sagt er und verzieht das Gesicht zu einer Grimasse des Ekels. »Habt ihr schon einmal etwas so Abstoßendes gesehen?«

Er wendet sich an die Klasse.

»Jungens«, quäkt er, »wenn jemand von euch das Gefühl hat, daß aus diesem Gefäß ein Bösartiger Animalischer Magnetismus strömt, dann hebe er die Hand!«

Schnitt zur Totale von der Klasse. Ohne Ausnahme heben alle Jungen die Hände. In den Gesichtern ist ein lüsternes und boshaftes Vergnügen zu erkennen, mit dem die Rechtgläubigen stets zusehen, wenn ihre geistlichen Hirten die üblichen Sündenböcke foltern oder noch strenger die Ketzer bestrafen, die das geheiligte Establishment bedrohen.

Schnitt zu dem Lehrer der Angewandten Satanischen Wissenschaft. Er stößt einen heuchlerischen Seufzer aus und schüttelt den Kopf.

»So etwas habe ich mir gedacht«, sagt er und wendet sich an das Mädchen, das neben ihm auf dem Podium steht: »Nun sage mir, was ist das Wesen der Frau?«

»Das Wesen der Frau?« wiederholt das Mädchen unsicher die Frage.

»Ja. Das Wesen der Frau. Ein bißchen schnell!«

Sie blickt zu ihm auf, und in ihren blauen Augen steht die

Angst. Sie wendet den Blick ab. Ihr Gesicht wird totenblaß. Ihre Lippen beben, und sie macht eine krampfhafte Schluckbewegung.

»Die Frau«, beginnt sie, »die Frau . . .«

Die Stimme versagt ihr, und Tränen stürzen ihr aus den Augen. In der verzweifelten Bemühung, ihrer Gefühle Herr zu werden, ballt sie die Fäuste und beißt sich auf die Lippen.

»Nun, weiter!« fordert der Lehrer der Satanischen Wissenschaft mit schriller Stimme. Er nimmt eine Weidenrute vom Boden auf und versetzt damit dem Mädchen einen heftigen Schlag auf die nackten Waden. »Weiter!«

»Die Frau«, beginnt das Mädchen noch einmal, »ist das Gefäß des Unheiligen Geistes, der Quell aller Mißbildung und Verderbtheit, der . . . der . . . Au!«

Sie zuckt unter einem neuen Rutenhieb zusammen.

Der Lehrer der Satanischen Wissenschaft lacht, und die ganze Klasse folgt seinem Beispiel.

»Der Feind . . .«, souffliert er.

»Ach ja – der Feind der Rasse, bestraft von Belial und Strafe herabbeschwörend auf alle, die in ihr, der Frau, Belial unterliegen.«

Es folgt ein langes Schweigen.

»Also«, beginnt der Lehrer endlich, »*das* bist du. Und das sind alle Gefäße. Und jetzt mach, daß du fortkommst!« Er schreit mit gellender Stimme und schlägt, plötzlich von Wut gepackt, wieder und wieder mit der Rute auf sie ein.

Vor Schmerz weinend springt das Mädchen vom Podium und läuft zu seinem Platz in der Reihe zurück.

Schnitt zum Chef. Mißbilligend runzelt er die Stirn.

»Also diese ganze moderne Erziehung!« wendet er sich an Dr. Poole. »Keine richtige Disziplin mehr. Ich weiß nicht, wohin das noch führen soll. Als ich noch zur Schule ging, pflegte mein alter Lehrer sie über die Bank zu legen und festzubinden, um sie dann mit der Birkenrute zu bearbeiten. ›Das wird dich lehren, ein Gefäß zu sein‹, sagte er, und dann sausten die Schläge herab! Belial, wie die heulten! *Das* nenne ich Erziehung. Also hiervon habe ich genug. Los, vorwärts marsch!«

Während die Sänfte aus dem Bild verschwindet, verweilt die

Kamera auf Loola, die zurückbleibt und voll leidendem Mitgefühl auf das tränennasse Gesicht und die zuckenden Schultern des armen Opfers in der zweiten Reihe blickt. Sie spürt eine Hand auf ihrem Arm und zuckt zusammen. Als sie sich ängstlich umdreht, ist sie erleichtert, in das freundliche Gesicht Dr. Pooles zu blicken.

»Ich empfinde genau wie Sie«, flüstert er ihr zu. »Es ist nicht richtig, was er tut. Es ist ungerecht.«

Erst nach einem raschen Blick über die Schulter wagt Loola, ihm mit einem Lächeln zu danken.

»Jetzt müssen wir gehen«, sagt sie.

Sie beeilen sich, die anderen einzuholen. Der Sänfte folgend, gehen sie rasch durch das Café-Restaurant, biegen rechts ab und betreten die Cocktail-Bar. Am anderen Ende des Raumes reicht ein Berg von menschlichen Gebeinen fast bis zur Decke. Auf dem Boden kauern, in eine dichte weiße Staubwolke gehüllt, ungefähr zwei Dutzend Handwerker, die aus Schädeln Trinkgefäße herstellen, Stricknadeln aus Ellenknochen, Querflöten und Blockflöten aus längeren Schienbeinen, Suppenkellen, Schuhlöffel und Dominosteine aus Beckenknochen und Faßzapfen aus Oberschenkelknochen.

Es wird Halt gemacht. Während einer der Arbeiter auf einer Schienbeinflöte »Schenke mir Befriedigung« spielt, überreicht ein anderer dem Chef eine prachtvolle Halskette aus kunstvoll gestaffelten Rückenwirbeln, die ihrer Größe nach von den Halswirbeln eines Säuglings bis zu den Lendenwirbeln eines Schwergewichtsboxers reichen.

Sprecher

»... und stellte mich auf ein weites Feld, das voller Totengebeine lag; und siehe, sie waren sehr verdorrt.« Die verdorrten Gebeine einiger von denen, die zu Tausenden, ja zu Millionen im Ablauf jener drei strahlenden Sommertage starben, die für euch noch in der Zukunft liegen. »Und er sprach zu mir: Du Menschenkind, meinst du auch, daß diese Gebeine wieder lebendig werden?« Die Antwort, erwiderte ich, lautet: Nein. Denn wenn Baruch uns auch (vielleicht) davor bewahrt, unseren Platz in einem Beinhaus wie diesem zu finden, vermag er nicht jenen anderen, langsameren, ekligeren Tod abzuwenden ...

Fahraufnahme von der Sänfte, wie sie die Stufen hinauf in die große Halle getragen wird. Hier ist der Gestank unerträglich, der Schmutz spottet aller Beschreibung. Großaufnahme von zwei Ratten, die an einem Hammelknochen nagen, von den Fliegen auf den eiternden Augenlidern eines kleinen Mädchens. Die Kamera fährt zurück bis zur Halbtotale: Vierzig bis fünfzig Frauen, die Hälfte kahlgeschoren, sitzen auf den Stufen und am Boden zwischen den Abfällen oder auf den zerfetzten Überresten einstiger Betten und Sofas. Jede von ihnen gibt einem Kind die Brust. Die Kinder sind alle zehn Wochen alt, und alle diejenigen, die eine kahlgeschorene Mutter haben, sind mißgestaltet. Zu den Nahaufnahmen von kleinen Gesichtern mit Hasenscharten, kleinen Rümpfen mit Stummeln an Stelle von Beinen und Armen, von kleinen Händen mit einem Büschel überzähliger Finger, von kleinen Brüsten mit einer Doppelreihe von Brustwarzen, hören wir die Stimme des Sprechers.

Sprecher

Denn dieser andere Tod – nicht durch Seuchen herbeigeführt, nicht durch Feuer, nicht durch künstlich hervorgerufenen Krebs, sondern durch die Zersetzung der eigentlichen Substanz der menschlichen Rasse –, dieser grauenhafte und ganz unheroische Tod im Moment der Geburt kann ebenso gut eine Folge der Atomindustrie wie des Atomkriegs sein. Denn in einer Welt, deren Energiequelle die Kernspaltung ist, wäre jede Großmutter zur Strahlentechnikerin geworden. Und nicht nur jede Großmutter, auch jeder Großvater und Vater und jede Mutter und jedermanns Vorfahr bis zurück ins dritte, vierte und fünfte Glied der Geschlechter, die Mich hassen.

Von den letzten der mißgestalteten Kinder schwenkt die Kamera zurück zu Dr. Poole, der sein Taschentuch an die noch immer zu empfindlich reagierende Nase preßt und verwirrt und mit Entsetzen die Szene um sich herum betrachtet.

»Diese Kinder sehen so aus, als wären sie alle gleich alt«, sagt er zu Loola, die ihn noch immer begleitet.

»Was erwarten Sie? Sie sind ja praktisch alle zwischen dem 10. und 17. Dezember geboren worden.«

»Aber das würde ja bedeuten –« Verwirrt, verlegen, bricht Dr. Poole ab. »Ich glaube«, sagt er dann, »daß hier alles ganz anders vor sich geht als bei uns in Neuseeland . . .«

Trotz des genossenen Weins erinnert er sich an seine grauhaarige Mutter jenseits des Pazifik. Er errötet schuldbewußt, hüstelt und wendet den Blick ab.

»Da ist Polly!« ruft seine Begleiterin und eilt durch den Raum.

Entschuldigungen murmelnd, bahnt sich Dr. Poole seinen Weg zwischen den hockenden und liegenden Müttern hindurch, um Loola zu folgen.

Polly sitzt auf einem gefüllten Strohsack neben der einstigen Kasse. Sie ist achtzehn oder neunzehn Jahre alt, klein und zart, und ihr Kopf ist kahlgeschoren wie der Kopf eines für seine Hinrichtung vorbereiteten Verbrechers. Die Schönheit ihres Gesichts liegt ganz in den zarten Knochen und den großen leuchtenden Augen. Mit einem verwirrten, verletzten Ausdruck blickt sie mit diesen Augen in Loolas Gesicht und richtet sie darauf ohne Neugier, fast wie ohne Verständnis, auf das Gesicht des Fremden, der Loola begleitet.

»Meine liebe Polly!«

Loola beugt sich hinab, um ihre Freundin zu küssen. NEIN NEIN, von Dr. Poole aus gesehen. Sie setzt sich zu Polly und legt tröstend den Arm um sie. Polly birgt das Gesicht an der Schulter der Freundin, und beide Mädchen beginnen zu weinen. Wie von ihrem Gram angesteckt, wacht die kleine Mißgeburt in Pollys Armen auf und stößt ein dünnes, klägliches Geheul aus. Polly hebt den Kopf von Loolas Schulter und blickt, das Gesicht noch naß von Tränen, auf das mißgestaltete Kind. Sie öffnet die Bluse und gibt, nachdem sie das eine der beiden roten NEINs beiseite geschoben hat, ihrem Kind die Brust. Mit fast krampfhafter Gier beginnt das Baby zu saugen.

»Ich habe ihn so lieb«, schluchzt Polly. »Sie dürfen ihn nicht töten!«

»Ach, liebe Polly!« Mehr weiß Loola ihr nicht zu sagen.

Eine laute Stimme ruft sie zur Ordnung.

»Ruhe da hinten! Ruhe!«

Immer mehr Stimmen nehmen den Refrain auf.

»Ruhe!«

»Ruhe da hinten!«

»Ruhe, Ruhe!«

In der Halle verstummt plötzlich jedes Gespräch; eine erwartungsvolle Stille breitet sich aus. Dann ertönt ein Horn, und eine dieser merkwürdig kindlichen, aber überheblichen Stimmen verkündet: »Seine Eminenz, der Erzvikar Belials, des Herrn der Erde, der Primas von Kalifornien, Diener des Proletariats, Bischof von Hollywood.«

Totale von der Haupttreppe des Hotels. In eine lange Robe aus anglo-nubischen Ziegenfellen gekleidet, auf dem Haupt die mit vier großen spitzen Hörnern geschmückte goldene Krone, steigt der Erzvikar in majestätischer Haltung die Treppe hinab. Ein Akolyt hält einen großen Ziegenfellschirm über sein Haupt. Es folgen zwanzig bis dreißig kirchliche Würdenträger jeden Ranges, von den dreigehörnten Patriarchen bis zu den hornlosen Postulanten herab. Und sie alle, vom Erzvikar abwärts, haben auffallend glatte Gesichter, ein feistes Hinterteil und schwitzen leicht; wenn sie sprechen, dann immer in einer flötenden tiefen Altstimme.

Der Chef erhebt sich aus seiner Sänfte und geht auf die Verkörperung der geistlichen Macht zu.

Sprecher

> Kirche und Staat,
> Gier und Haß:
> Zwei Pavian-Personen
> In einem Höchsten Gorilla.

Respektvoll neigt der Chef das Haupt. Der Erzvikar hebt beide Hände an seine Tiara, berührt die beiden vorderen Hörner und legt dann die somit geistlich aufgeladenen Fingerspitzen dem Chef an die Stirn.

»Mögest du nie auf Seine Hörner gespießt werden!«

»Amen!« erwidert der Chef. Dann richtet er sich auf und wechselt unvermittelt den Ton von frommer Andacht zu dem munterer Geschäftigkeit. »Ist alles O. K. für heute abend?« fragt er. Und mit der Stimme eines zehnjährigen Knaben, doch mit der langatmigen, gelehrten Salbung eines alten, erprobten Kirchenmannes, der längst gewohnt ist, die Rolle eines höheren Wesens zu spielen, das von seinen Mitmenschen abgesondert und über sie gestellt wurde, erklärt der Erzvikar nun, alles sei in bester Ordnung. Unter der persönlichen Aufsicht des Dreigehörnten Inquisitors und des Patriarchen von Pasadena sei eine ergebene Schar von Familiaren und Postulanten von einer Siedlung zur anderen gereist, um die jährliche Volkszählung vorzunehmen. Man habe dabei jede Mutter einer Mißgeburt vorgemerkt, ihr den Kopf kahlgeschoren und auch die vorläufige Auspeitschung verabfolgt. Inzwischen habe man alle Schuldigen in die drei Rassenreinerhaltungs-Zentren in Riverside, San Diego und Los Angeles gebracht. Die Messer und die geweihten Ochsenziemer lägen bereit, und, so Belial wolle, würde die Zeremonie zur festgesetzten Stunde beginnen. Bevor die Sonne wieder aufgehe, würde die Reinigung des Landes abgeschlossen sein.

Der Erzvikar macht wieder das Zeichen der Hörner und verharrt darauf ein paar Sekunden in stiller Sammlung. Als er die Augen wieder öffnet, wendet er sich an die geistlichen Herren in seinem Gefolge.

»Geht und ergreift die Kahlgeschorenen«, fordert er mit piepsender Stimme, »nehmt diese entweihten Gefäße, diese lebenden Beweise der Feindschaft Belials, und führt sie an den Platz ihrer Schande!«

Presbyter und Postulanten laufen die Treppe hinunter und drängen sich in die Menge der wartenden Mütter.

»Los, beeilt euch!«

»Im Namen Belials!«

Langsam und widerstrebend erheben sich die kahlgeschorenen Frauen. Ihre kleinen mißgestalteten Bürden, an die von

Milch schweren Brüste gedrückt, gehen sie stumm zur Tür, in einem Schweigen, das ihr Unglück bewegender ausdrückt als jeder Aufschrei.

Halbnahe von Polly auf ihrem Strohsack. Ein junger Postulant tritt auf sie zu und zieht sie ohne Umstände von ihrem Sitz hoch.

»Aufgestanden!« brüllt er mit der Stimme eines zornigen bösen Kindes. »Steh auf, du Gebärerin von Unrat!«

Er schlägt ihr ins Gesicht. Polly weicht einem zweiten Schlag aus und läuft zu ihren schon an der Tür versammelten Leidensgefährtinnen.

Überblendung zu einem Nachthimmel mit Sternen zwischen schmalen Wolkenstreifen und einem schon tief im Westen stehenden abnehmenden Mond. Die Stille währt lang. Doch dann vernehmen wir ein Psalmodieren. Allmählich verstehen wir die Worte: »Ehre sei Belial! Ehre sei Belial in der Tiefe!« Sie ertönen wieder und wieder.

Sprecher

>   Nur einen Zoll weit vor den Augen,
>   Verdeckt die schwarze Hand des Affen
>   Die Sterne, den Mond und selbst das All.
>   Fünf stinkende Finger
>   Sind die ganze Welt.

Die Silhouette einer Pavianhand nähert sich der Kamera, wird immer größer und bedrohlicher, bis sie alles in Finsternis taucht.

Schnitt zum Innern des Stadions von Los Angeles. Im rauchigen, flackernden Licht der Fackeln sehen wir die Gesichter einer großen Gemeinde. Eine Reihe hinter der anderen, verströmen sie – wie eine Ansammlung von grotesken Wasserspeiern an gotischen Kathedralen – den grundlosen Glauben, die primitive Erregung, die kollektive Dummheit, die das Ergebnis einer von Riten beherrschten Religion sind. Es quillt aus ihnen heraus, aus schwarzen Augenhöhlen, aus bebenden Nasenlöchern, halbgeöffneten Mündern, während das monotone Psalmodieren anhält: »Ehre sei Belial, Belial in der Tiefe!« Unten in der Arena

knien Hunderte kahlgeschorener Mädchen und Frauen, eine
jede ihre kleine Mißgeburt im Arm, vor den Stufen des Hochaltars. Ehrfurchtgebietend in ihren Meßgewändern aus anglo-nubischem Pelz, auf dem Haupt die Tiara mit vergoldeten Hörnern, stehen auf der obersten Altarstufe in zwei Gruppen die
Patriarchen und Archimandriten, die Presbyter und Postulanten und singen im Wechselgesang im schrillen Diskant zur Musik
der beinernen Blockflöte und einer Batterie von Xylophonen.

Erster Halbchor

Ehre sei Belial,

Zweiter Halbchor

Belial in der Tiefe!
Nach einer Pause ändert sich die Musik, und es beginnt eine
neue Phase der Zeremonie.

Erster Halbchor

Es ist schrecklich,

Zweiter Halbchor

schrecklich, schrecklich,

Erster Halbchor

In die Hände,

Zweiter Halbchor

in die riesigen, behaarten Hände,

Erster Halbchor

In die Hände des lebendigen Bösen zu fallen,

Zweiter Halbchor

Hallelujah!

Erster Halbchor

In die Hände des Feindes der Menschen,

Zweiter Halbchor

Unserer Saufbrüder;

Erster Halbchor

In die Hände des Rebellen gegen die Weltordnung –

Zweiter Halbchor

Und mit ihm haben wir uns verschworen gegen uns selbst –

Erster Halbchor

In die Hände der großen Schmeißfliege, des Herrn der
   Fliegen,

Zweiter Halbchor
Die in unserem Herzen krabbeln;
Erster Halbchor
Des nackten Wurms, der nicht sterben kann,
Zweiter Halbchor
Und der darum der Ursprung unseres ewigen Lebens ist;
Erster Halbchor
Des Fürsten der Mächte der Luft –
Zweiter Halbchor
Als da sind Spitfire und Stuka, Beelzebub und Asasel,
Halleluja!
Erster Halbchor
Des Herrn dieser Welt;
Zweiter Halbchor
Und ihres Schänders;
Erster Halbchor
Des großen Moloch,
Zweiter Halbchor
Des Schutzpatrons aller Völker;
Erster Halbchor
Des Mammons, unseres Meisters,
Zweiter Halbchor
Des Allgegenwärtigen:
Erster Halbchor
Luzifers, des Allmächtigen,
Zweiter Halbchor
In Kirche und Staat;
Erster Halbchor
In die Hände Belials,
Zweiter Halbchor
Des transzendenten,
Erster Halbchor
Und doch so immanenten
Alle
Belial, Belial, Belial, Belial!

Während das Psalmodieren allmählich verhallt, steigen zwei
hornlose Postulanten die Stufen hinab und ergreifen die näch-

ste der kahlgeschorenen Frauen, eine Mexikanerin, zerren sie auf die Füße und führen die vor Angst und Grauen Verstummte bis zur obersten Altarstufe hinauf, wo der Patriarch von Pasadena die Klinge eines langen Schlachtermessers wetzt. Mit offenem Mund, wie gebannt vor Grauen, starrt ihn die untersetzte Frau an. Dann nimmt einer der Postulanten ihr das Kind aus den Armen und reicht es dem Patriarchen.

Großaufnahme eines charakteristischen Produkts der fortschrittlichen Technik – eines hasenschartigen, mongoloiden, schwachsinnigen Wesens. Während der Einstellung hören wir den psalmodierenden Chor.

Erster Halbchor

Hier zeige ich euch das Zeichen der Feindschaft Belials,

Zweiter Halbchor

Scheußlich, scheußlich;

Erster Halbchor

Ich zeige euch, was Belials Gnade vermag:

Zweiter Halbchor

Dreck in Dreck getaucht.

Erster Halbchor

Ich zeige euch die Strafe für die Befolgung Seines Willens,

Zweiter Halbchor

Wie in der Hölle also auch auf Erden.

Erster Halbchor

Wer ist der Schoß aller Mißgeburten?

Zweiter Halbchor

Die Mutter.

Erster Halbchor

Wer ist das auserwählte Gefäß der Unheiligkeit?

Zweiter Halbchor

Die Mutter.

Erster Halbchor

Und der Fluch auf unserem Geschlecht?

Zweiter Halbchor

Die Mutter.

Erster Halbchor

Besessen, besessen –

Zweiter Halbchor
Innerlich und äußerlich:
Erster Halbchor
Ihr Inkubus ein Objekt, ihr Subjekt ein Sukkubus –
Zweiter Halbchor
Und beide sind Belial;
Erster Halbchor
Besessen von der Schmeißfliege,
Zweiter Halbchor
Die krabbelt und sticht,
Erster Halbchor
Besessen von dem, was sie unwiderstehlich
Zweiter Halbchor
Aufreizt und treibt
Erster Halbchor
Wie den Iltis in der Suhle,
Zweiter Halbchor
Wie die Sau in der Brunst,
Erster Halbchor
Den steilen Hang hinab
Zweiter Halbchor
In unsäglichen Dreck;
Erster Halbchor
Aus dem, nach langem Suhlen,
Zweiter Halbchor
Nach vielen Schlucken von Spülicht,
Erster Halbchor
Neun Monate später die Mutter auftaucht
Zweiter Halbchor
Und diese Spottgeburt eines Menschen gebiert,
Erster Halbchor
Was soll dafür die Sühne sein?
Zweiter Halbchor
Blut.
Erster Halbchor
Was kann Belial versöhnen?
Zweiter Halbchor
Nur Blut.

Die Kamera schwenkt vom Altar zu den Rängen, wo die bleichen Wasserspeierfratzen in gieriger Vorfreude auf die Szene hinabstarren. Plötzlich öffnen sich in den Gesichtern die schwarzen Münder und singen erst zögernd, dann mit wachsendem Selbstvertrauen und immer größerem Stimmvolumen:

»Nur das Blut, Blut, Blut, Blut, Blut, Blut, Blut, Blut ...«

Schnitt zum Altar. Das Geräusch des gedankenlosen, halbtierischen monotonen Psalmodierens begleitet die Einstellung.

Der Patriarch reicht den Wetzstein einem seiner ministrierenden Archimandriten, ergreift dann mit der linken Hand das mißgestaltete Kind im Genick und spießt es auf seinem Messer auf. Es stößt zwei oder drei klägliche kleine Schreie aus und verstummt dann.

Der Patriarch wendet sich um und läßt einen Becher Blut über den Altar fließen. Darauf wirft er den kleinen Leichnam in die Finsternis auf der anderen Seite des Altars. Das Psalmodieren des Chors schwillt an in einem gewaltigen Crescendo:

»Blut, Blut, Blut, Blut, Blut, Blut, Blut ...«

»Jagt die Frau davon!« befiehlt mit Fistelstimme der Patriarch.

Angstvoll dreht sich die Mutter um und läuft die Stufen hinunter. Die beiden Postulanten folgen ihr und schlagen mit den geweihten Ochsenziemern wild auf sie ein. Gellende Schreie unterbrechen den Chor. Von der Gemeinde kommt ein Laut, halb mitleidiges Stöhnen, halb befriedigtes Grunzen.

Erhitzt und ein wenig atemlos nach einer so ungewohnten Anstrengung, ergreifen die beiden rundlichen jungen Postulanten eine andere Frau – ein Mädchen noch, zart und schlank, fast noch ein Kind. Ihr Gesicht bleibt verborgen, während man sie die Stufen hinaufzerrt. Aber als der eine der beiden Postulanten ein wenig zurücktritt, erkennen wir, daß es Polly ist.

Ihr Kind, ohne Daumen, aber mit acht Brustwarzen, wird vor dem Patriarchen in die Höhe gehoben.

Erster Halbchor
Scheußlich, scheußlich! Was soll die Sühne sein?
Zweiter Halbchor
Blut.

Erster Halbchor
Wie kann Belial versöhnt werden?

Diesmal antwortet die ganze Gemeinde:

»Nur durch Blut, Blut, Blut, Blut, Blut ...«

Die linke Hand des Patriarchen schließt sich um den Hals des Kindes.

»Nein, nein, tun Sie es nicht! Bitte!«

Polly macht einen Schritt auf ihn zu, wird aber von den Postulanten zurückgehalten. Während sie schluchzt, spießt der Patriarch mit abgezirkelten Bewegungen das Kind auf sein Messer und schleudert dann die Leiche in das Dunkel hinter dem Altar.

Ein jäher Aufschrei. Schnitt zu einer Nahaufnahme von Dr. Poole. Allen sichtbar auf seinem Platz in der ersten Reihe, ist er soeben in Ohnmacht gefallen.

Schnitt ins Innere des Allerunheiligsten. Die Kapelle, die sich an dem einen Ende der kürzeren Achse der Arena neben dem Hochaltar befindet, ist eine Art kleiner länglicher Kammer aus ungebrannten Ziegeln, mit einem Altar an der einen Seite und Schiebetüren an der anderen. Diese Türen sind jetzt übrigens geschlossen, wenn man von dem Spalt in der Mitte absieht, durch den man beobachten kann, was in der Arena vor sich geht. Auf einem Diwan in der Mitte der Kapelle ruht der Erzvikar. Nicht weit von ihm brät ein hornloser Postulant Schweinsfüße über einem Holzkohlenbecken, und ein zweigehörnter Archimandrit in seiner Nähe tut sein Bestes, den leblos auf einer Krankentrage ruhenden Dr. Poole wiederzubeleben. Kaltes Wasser und ein paar kräftige Ohrfeigen zeitigen am Ende das gewünschte Resultat. Der Botaniker seufzt, öffnet die Augen, wehrt eine weitere Ohrfeige ab und setzt sich auf.

»Wo bin ich?« fragt er.

»Im Allerunheiligsten«, antwortet der Archimandrit. »Und hier ist Seine Eminenz.«

Dr. Poole erkennt den großen Mann und hat die Geistesgegenwart, respektvoll den Kopf zu neigen.

»Bringt einen Hocker!« befiehlt der Erzvikar.

Der Hocker wird gebracht. Der Erzvikar fordert Dr. Poole mit einer Geste auf, worauf sich dieser aufrafft und mit etwas unsicheren Schritten den Raum durchmißt, um auf dem Hocker Platz zu nehmen. Im selben Augenblick vernimmt er einen gellenden Schrei und dreht sich um.

Totale vom Hochaltar, von Dr. Pooles Blickpunkt aus. Der Patriarch schleudert gerade wieder eine kleine Mißgeburt in den dunklen Abgrund, während seine Akolyten auf die schreiende Mutter einschlagen.

Schnitt zu Dr. Poole, der schaudernd sein Gesicht in den Händen vergräbt. Während der Einstellung hören wir das monotone Psalmodieren der Gemeinde. »Blut, Blut, Blut.«

»Grauenhaft!« sagt Dr. Poole. »Es ist grauenhaft.«

»Und doch gibt es auch in Ihrer Religion Blut«, bemerkt ironisch lächelnd der Erzvikar: »›Gewaschen im Blut des Lammes‹ Zitiere ich richtig?«

»Vollkommen richtig«, bestätigt Dr. Poole. »Aber das Waschen findet nicht wirklich statt. Wir reden nur davon – oder, noch öfter singen wir davon, in unseren Kirchenliedern.«

Er wendet den Blick ab. Es herrscht Schweigen. In diesem Augenblick tritt der Postulant mit einem großen Servierbrett heran, das er zusammen mit ein paar Flaschen auf einen Tisch neben dem Diwan setzt. Der Erzvikar spießt einen der Schweinsfüße auf eine Gabel aus der Zeit Georgs V. – eine »echt antike« Fälschung aus dem 20. Jahrhundert – und fängt an, ihn zu benagen.

»Bitte, greifen Sie zu!« fordert er zwischen zwei Bissen Dr. Poole mit Fistelstimme auf. »Und da ist Wein«, fügt er hinzu und weist auf eine der Flaschen.

Dr. Poole ist völlig ausgehungert und kommt der Einladung bereitwillig nach. Wieder Schweigen, das nur von den Kaugeräuschen und dem Blut-Gesang der Gemeinde unterbrochen wird.

»Es ist natürlich nicht Ihr Glaube«, sagt schließlich mit vollem Mund der Erzvikar.

»Aber ich versichere Ihnen ...« beteuert Dr. Poole.

Sein Anpassungseifer kennt keine Grenzen, doch der andere

wehrt mit erhobener Hand – einer plumpen, von Schweinefett glänzenden Hand – ab.

»Ach was! Aber Sie sollen doch wissen, daß wir gute Gründe für unseren Glauben haben. Unser Glaube, mein Lieber, ist rational und realistisch.« Der Erzvikar macht eine Pause, die er zu einem kräftigen Schluck aus der Flasche und einem Griff nach dem zweiten Schweinsfüßchen nutzt. »Ich darf wohl annehmen, daß Sie sich mit der Weltgeschichte beschäftigt haben.«

»Nur als Liebhaber«, antwortet Dr. Poole bescheiden. Aber er glaube, sagen zu können, daß er die meisten der bekannteren Werke zu diesem Thema kenne. So zum Beispiel »Aufstieg und Untergang Rußlands« von Graves oder »Der Zusammenbruch der westlichen Kultur« von Basedow, dann das unvergleichliche Werk Brights »Europa, eine Autopsie« und natürlich dieses absolut köstliche und, wenn es auch nur ein Roman ist, ganz und gar währhaftige Buch von dem guten alten Percival Pott, »Die letzten Tage von Coney Island«. »Sie kennen es natürlich auch?«

Aber der Erzvikar verneint mit einem Kopfschütteln.

»Ich kenne nichts, was nach dem bewußten Ereignis erschienen ist«, sagt er kurz angebunden.

»Ach, wie dumm von mir!« Dr. Poole bereut, wie schon so oft, seine überströmende Geschwätzigkeit, mit der er eine Schüchternheit überkompensiert, die ihn, wenn er nicht dagegen anginge, zur absoluten Sprachlosigkeit verdammte.

»Aber ich habe eine ganze Menge von dem gelesen, was vorher erschienen ist«, fährt der Erzvikar fort. »Es gab hier in Südkalifornien ein paar recht ordentliche Bibliotheken. Jetzt zum größten Teil schon ausgebeutet. Ich fürchte, in Zukunft werden wir unser Heizmaterial in etwas entfernteren Gebieten suchen müssen. Aber bis jetzt haben wir damit unser Brot gebacken, und außerdem habe ich drei- bis viertausend Bände für unser Seminar retten können.«

»Ganz wie die Kirche im frühen Mittelalter«, bemerkt Dr. Poole mit kulturträchtigem Enthusiasmus. »Die Zivilisation hat keinen besseren Freund als die Religion. Das ist etwas, was meine agnostischen Freunde niemals ...« Da er sich plötzlich erinnert, daß die Glaubenssätze der alten Kirche nicht ganz dieselben sind wie die, zu denen sich die neue bekennt, bricht er ab und nimmt, um seine Verlegenheit zu kaschieren, einen kräftigen Schluck aus der Flasche.

Zum Glück ist der Erzvikar viel zu sehr mit seinen eigenen Gedankengängen beschäftigt, um den Fauxpas zu bemerken, geschweige denn, sich an ihm zu stoßen.

»Wie ich Geschichte verstehe«, sagt er, »ist es doch so: Der Mensch kämpft mit der Natur, das Ich mit der Weltordnung, und Belial« (er macht flüchtig das Zeichen der Hörner) »mit dem Anderen. Über ungefähr hunderttausend Jahre geht der Kampf unentschieden hin und her. Aber auf einmal, vor drei Jahrhunderten, beginnt fast über Nacht der Strom nur noch in einer Richtung zu laufen. – Aber nehmen Sie doch noch von diesen Schweinsfüßchen!«

Dr. Poole nimmt sein zweites Stück, während der Erzvikar zu seinem dritten greift.

»Langsam zuerst, doch dann mit zunehmender Geschwindigkeit beginnt der Mensch, Fortschritte in seinem Kampf gegen die Ordnung der Dinge zu machen.« Der Erzvikar hält einen Augenblick inne, um ein Stück Knorpel auszuspucken. »Mit immer mehr Menschen in seinem Gefolge eröffnet der Herr der Fliegen, der zugleich die Schmeißfliege in jedem einzelnen Herzen ist, Seinen Siegesmarsch durch eine Welt, deren unangefochtener Herr Er so bald schon werden wird.«

Fortgerissen von der eigenen schrillen Rhetorik vergißt der Erzvikar für einen Augenblick, daß er nicht auf der Kanzel von Sankt Asasel steht, und macht eine weit ausholende Gebärde. Dabei fällt ihm das Schweinsfüßchen von der Gabel. Gutgelaunt über sich selbst lachend, hebt er es vom Boden auf, wischt es am Ärmel seiner Ziegenfellsoutane ab und beißt wieder hinein. Dann spricht er weiter.

»Es fängt mit den Maschinen an und mit den ersten Getreideschiffen, die von der Neuen Welt kamen. Brot für die Hungernden – und eine Last ward von den Schultern des Menschen genommen. Herr, wir danken Dir für alle Wohltat und Gnade, die Du in Deiner grundlosen Güte . . . und so weiter.« Der Erzvikar lacht spöttisch. »Ich brauche kaum zu sagen, daß niemand etwas umsonst bekommt. Auch Gottes Gaben haben ihren Preis, und Belial sorgt immer dafür, daß es ein hoher ist. Sehen Sie zum Beispiel diese Maschinen. Belial wußte sehr wohl, daß man das Fleisch dem Eisen untertan macht, indem man ihm seine tägliche Fron ein wenig erleichtert, und der Geist daraufhin zum Sklaven des Räderwerks wird. Er wußte, daß eine Maschine, die narrensicher sein soll, auch sicher vor Erfahrung, Talent und Inspiration sein muß. Sie bekommen Ihr Geld zurück, wenn das Produkt fehlerhaft ist, und Sie bekommen den doppelten Betrag zurück, wenn Sie auch nur eine Spur von Genie oder Individualität darin finden! Und dann kamen die guten Lebensmittel aus der Neuen Welt! O Gott, wir danken Dir ... Aber Belial wußte, daß zwischen Essen und Fortpflanzung ein Zusammenhang besteht. In der guten alten Zeit war es so, daß die Menschen nur die Kindersterblichkeit erhöhten und die Lebenserwartung herabsetzten, wenn sie die Liebe praktizierten. Aber seitdem die Lebensmittelschiffe kamen, war es anders geworden. Nun führte die Paarung zur Erhöhung der Bevölkerungszahl – und nicht zu knapp!«

Wieder ein schrilles Lachen des Erzvikars.

Überblendung zu einer durch ein mächtiges Mikroskop gemachten Aufnahme von Spermatozoen bei ihrem verzweifelten Bemühen, das Endziel zu erreichen, nämlich das weite, mondgleiche Ovum in der linken oberen Ecke des Objektträgers. Auf der Tonspur der Tenor aus dem letzten Satz der Faust-Symphonie von Liszt: *La femme éternelle toujours nous élève. La femme éternelle toujours* ... Schnitt zu einer Aufnahme von London um 1800 aus der Vogelperspektive. Wieder zurück zum Darwinschen Wettrennen ums Überleben und Sich-selbst-Verewigen. Dann eine Ansicht von London um 1900 – und wieder zu den Spermatozoen –, und wieder London, so wie es die deutschen Flieger 1940 sahen. Überblendung zu einer Großaufnahme vom Erzvikar.

»O Gott«, intoniert er mit ein wenig tremolierender Stimme, wie man sie bei solchen Gelegenheiten stets für passend hält, »wir danken Dir für all diese unsterblichen Seelen.« In verändertem Ton fährt er fort: »Diese unsterblichen Seelen wohnen in Leibern, die Jahr für Jahr kränklicher, räudiger, verkümmerter werden, da alles, was Belial vorhergesagt hat, unausweichlich eintritt. Die Übervölkerung unseres Planeten. Fünfhundert, achthundert, manchmal auch zweitausend Menschen auf einem Quadratkilometer von landwirtschaftlich nutzbarem Boden – und der Boden wird durch schlechte Bewirtschaftung immer mehr zerstört. Überall die Zeichen der Erosion, überall das Auslaugen von Mineralien. Und die Wüsten breiten sich aus, während die Wälder dahinschwinden. Sogar in Amerika, in dieser Neuen Welt, die doch einst die Hoffnung der Alten Welt gewesen war. Die Spirale der Industrie dreht sich immer weiter nach oben, aber mit den Erträgen des Bodens geht es immer weiter zurück. Alles immer größer und besser, reicher und mächtiger – und dann, fast ohne Übergang, immer mehr Elend und Hunger. Ja, Belial hat es vorhergesehen – den Übergang vom Hunger zum Import von Lebensmitteln, vom Lebensmittelimport zur Bevölkerungsexplosion, und von der Bevölkerungsexplosion zurück zum Hunger. Zum Neuen Hunger, dem Höheren Hunger, dem Hunger eines riesigen Industrieproletariats, dem Hunger reicher Städtebewohner, die über allen modernen Komfort verfügen, Auto, Radio und jede nur denkbare technische Raffinesse, jenem Hunger, der die Ursache von totalen Kriegen ist, jenen Kriegen, die wieder die Ursache von noch mehr Hunger sind.«

Der Erzvikar unterbricht sich, um einen weiteren Schluck aus der Flasche zu nehmen.

»Und vergessen Sie nicht«, fährt er dann fort, »daß Belial auch ohne die synthetische Rotzlösung und auch ohne die Atombombe alle Seine Ziele erreicht hätte. Vielleicht hätte es nur ein bißchen länger gedauert, aber die Menschheit hätte genauso sicher sich selbst vernichtet durch die Zerstörung der Welt, in der sie lebte. Für die Menschen gab es kein Entkommen. Er hatte sie auf beide Hörner gespießt. Wenn es ihnen gelang, sich von dem einen Horn, dem des totalen Krieges, zu befreien, dann fanden sie sich von dem anderen durchbohrt, dem des Hungers. Und sobald ihnen der Hungertod drohte, waren sie versucht, ihre Zuflucht zum Krieg zu nehmen. Und für den Fall, daß sie sich einmal um einen friedlichen und rationalen Weg aus ihrem Dilemma bemühten, hielt Er ein drittes, raffinierteres Mittel der Selbstzerstörung für sie bereit. Schon vom Beginn der industriellen Revolution an sah er voraus, daß dem Menschen die Wunder seiner Technik so zu Kopfe steigen würden, daß er bald jeden Wirklichkeitssinn verlieren sollte. Und genau das trat ein. Diese elenden Sklaven des Räderwerks und der Hauptbücher fingen an, sich als Bezwinger der Natur zu feiern. Bezwinger der Natur, daß ich nicht lache! In Wirklichkeit hatten sie doch nur das Gleichgewicht der Natur erschüttert und waren bereits im Begriff, die Folgen zu spüren. Denken Sie nur daran, was sie in den letzten anderthalb Jahrhunderten vor dem bewußten Ereignis angerichtet hatten. Die Flüsse verschmutzt, das Wild ausgerottet, die Wälder vernichtet, die Ackerkrume ins Meer gespült, einen Ozean von Petroleum verbrannt und die Mineralien vergeudet, die sich im Laufe der ganzen Erdgeschichte abgelagert hatten. Eine Orgie krimineller Dummheit. Aber die Menschen nannten es Fortschritt. Fortschritt«, wiederholt er, »Fortschritt! Ich sage Ihnen, die Erfindung war zu außerordentlich, um das Produkt bloß einer menschlichen Intelligenz zu sein – sie war von zu teuflischer Ironie! Da hatte es der Hilfe von Draußen gebraucht! Da hatte es der Gnade Belials bedurft, auf die man natürlich immer rechnen kann, das heißt, sobald man zur Zusammenarbeit bereit ist. Und wer wäre das nicht?«

»Wer wäre es nicht?« wiederholt Dr. Poole kichernd. Er meint, er habe etwas gutzumachen wegen seiner unangebrachten Äußerung über die Kirche im frühen Mittelalter.

»Der Fortschritt und der Nationalismus, das waren die beiden großen Ideen, die er ihnen in den Kopf setzte. Der Fortschritt, das war die Theorie, daß man etwas umsonst bekommen kann. Die Theorie, daß man auf einem bestimmten Gebiet etwas erreichen kann, ohne dafür auf einem anderen zahlen zu müssen. Die Theorie, daß man allein den Sinn der Geschichte begreift. Die Theorie, daß man genau weiß, was in fünfzig Jahren geschehen wird. Die Theorie, daß man, aller Erfahrung zum Trotz, sämtliche Folgen gegenwärtigen Tuns vorausberechnen kann. Es war auch die Theorie, daß Utopia greifbar vor uns liege und daß, da der ideale Zweck auch die schändlich-

94

sten Mittel rechtfertige, man nicht nur das Recht, sondern auch die Pflicht habe, alle die zu berauben, zu betrügen, zu foltern, zu versklaven und zu ermorden, die der eigenen Meinung nach (die *per definitionem* unfehlbar ist) den Marsch ins irdische Paradies blockieren. Erinnern Sie sich an den Ausspruch von Karl Marx: »Gewalt ist die Geburtshelferin des Fortschritts«? Er hätte noch hinzufügen können – aber natürlich wollte Belial in diesem frühen Stadium des Prozesses noch nicht die Katze aus dem Sack lassen –, daß der Fortschritt auch die Geburtshelferin der Gewalt ist. Gleich zweifach, denn die Technik versorgt den Menschen mit den Instrumenten für eine immer wahllosere Zerstörung, während der Mythos vom politischen und moralischen Fortschritt zugleich als Rechtfertigung für die Anwendung dieser Mittel bis zum äußersten dient. Ich sage Ihnen, mein Bester, ein Historiker ohne Glauben muß wahnsinnig sein. Je länger man sich mit der Neueren Geschichte beschäftigt, desto offensichtlicher wird darin die lenkende Hand Belials.« Der Erzbischof macht das Zeichen der Hörner und labt sich mit einem Schluck Wein, um dann fortzufahren: »Und dann der Nationalismus – die Theorie, daß der Staat, dessen Bürger man zufällig ist, der einzig wahre und gute sei, alle anderen aber falsche Götter seien; ferner, daß alle diese Götter, wahre oder falsche, die Mentalität jugendlicher Krimineller hätten und daß jeder Konflikt um Prestige, um Macht oder Geld ein Kreuzzug für das Gute, Wahre und Schöne sei. Der bloße Umstand, daß solche Theorien zu einem bestimmten Zeitpunkt der Geschichte auftraten und allgemein akzeptiert wurden, beweist am besten die Existenz Belials und auch, daß er zu guter Letzt den Kampf gewonnen hat.«

»Ich kann Ihnen da nicht ganz folgen«, sagt Dr. Poole.

»Aber es liegt doch auf der Hand. Hier haben Sie diese zwei Ideen. Jede ist an sich absurd, und jede führt zu einem Handlungsschema, das nachweisbar verhängnisvoll ist. Und doch entschließt sich, fast von einem Augenblick zum anderen, die gesamte zivilisierte Menschheit, diese Ideen oder diese Leitlinien zum Konflikt sich zu eigen zu machen. Warum? Wer veranlaßte sie dazu? Wer gab ihnen dieses Stichwort? Wer inspirierte sie dazu? Darauf kann es nur eine Antwort geben.«

»Sie meinen, Sie wollen sagen . . . daß es der Teufel war?«

»Wer sonst wünscht wohl die Erniedrigung und Vernichtung des Menschengeschlechts?«

»Ganz recht!« stimmt Dr. Poole ihm zu. »Trotzdem kann ich, als protestantischer Christ, nicht ernstlich –«

»Wirklich nicht?« fragt der Erzvikar sarkastisch. »Dann wissen Sie es besser als Luther, besser als die ganze christliche Kirche. Ist Ihnen klar, daß seit dem zweiten Jahrhundert schon kein rechtgläubiger Christ mehr glaubte, daß ein Mensch von Gott besessen sein kann? Der Mensch kann nur vom Teufel besessen sein. Und warum glaubte man das? Weil die Tatsachen nicht zuließen, etwas anderes zu glauben. Belials Existenz ist eine Tatsache, Molochs Existenz ist eine Tatsache, und die Besessenheit vom Teufel ist eine Tatsache.«

»Ich muß widersprechen«, erklärt Dr. Poole mit Vehemenz. »Als Mann der Wissenschaft –«

»Als Mann der Wissenschaft müssen Sie die Arbeitshypothese akzeptieren, die für die Tatsachen die plausibelste Erklärung anbietet. Und was sind die Tatsachen? Die erste ist eine Angelegenheit der Erfahrung und Beobachtung, nämlich daß niemand gern leidet, Erniedrigungen hinnimmt, zum Krüppel wird oder gar sich umbringen läßt. Die zweite ist eine historische Tatsache, nämlich daß in einer bestimmten Epoche die überwältigende Mehrheit der Menschen sich zu Ideen und zu einem Verhalten bekannte, das zu nichts anderem führen konnte als zu allgemeinem Leid, zu Erniedrigung und Zerstörung allüberall. Und dafür ist die einzige plausible Erklärung, daß die Menschen von einem fremden Bewußtsein gelenkt oder besessen waren, einem Bewußtsein, das ihr Verderben wollte und so entschieden wollte, daß ihr eigener Wille zum Glück und Überleben dagegen nicht aufkam.«

Schweigen.

»Natürlich«, wagt Dr. Poole schließlich einzuwenden, »läßt sich das alles auch ganz anders erklären.«

»Nur nicht so plausibel, bei weitem nicht so einfach«, behauptet der Erzvikar. »Und bedenken Sie die Menge des weiteren Beweismaterials. Nehmen Sie zum Beispiel den Ersten Weltkrieg. Wären die Völker und ihre Politiker nicht besessen gewesen, hätten sie doch auf Papst Benedikt XV. oder auf Lord Lansdowne gehört. Sie wären zu einer Einigung gekommen und hätten einen Frieden ohne Sieger und Besiegte ausgehandelt. Aber das konnten sie nicht. Es war ihnen unmöglich, in ihrem eigenen Interesse zu handeln. Sie mußten vielmehr tun, was der Belial in ihnen forderte – und dieser Belial in ihnen wollte die kommunistische Revolution und die faschistische Reaktion auf diese Revolution, er wollte Hitler, Mussolini und das Politbüro, wollte Hungersnot, Inflation und Depression. Er wollte die Rüstung, um damit die Arbeitslosigkeit zu bekämpfen; er wollte die Verfolgung der Juden und Kulaken. Er wollte, daß die Nazis und Kommunisten Polen untereinander aufteilten und dann gegeneinander Krieg führten. Er wollte auch die Wiedereinführung von Massenversklavung in ihrer brutalsten Form. Erzwungene Völkerwanderungen und Massenverarmung. Konzentrationslager, Gaskammern und Verbrennungsöfen. Er wollte den Bombenteppich (was für ein deliziöser Ausdruck!). Er wollte die Zerstörung, gleichsam über Nacht, einer jahrhundertealten Ansammlung von Reichtum mit all ihren schlummernden Möglichkeiten für ein zukünftiges Leben in Wohlstand, in Anstand, in Freiheit und Kultur. Das alles wollte Belial, und da Er ja die Große Schmeißfliege im Herzen der Politiker und Generäle, der Journalisten, aber auch des einfachen Mannes war, konnte Er selbst Katholiken veranlassen, den Papst zu ignorieren, und bewirken, daß Lansdowne als schlechter Patriot, fast schon als Verräter galt. Und so zog sich der Krieg vier volle Jahre hin. Nachher ging alles genau wie geplant weiter. Die Weltsituation verschlimmerte sich ständig, und je ärger sie wurde, desto gefügiger ließen sich die Menschen vom Unheiligen Geist leiten. Der alte Glaube an den Wert jeder einzelnen Seele schwand dahin. Die alten Verbote galten nicht mehr, die alten Bedenken und Rücksichten des Herzens wurden vergessen. Alles, was der Andere einst den Leuten in den Kopf gesetzt hatte, entwich wie Luft aus einem Ballon, und das dadurch entstandene Vakuum wurde mit den wahnwitzigen Träumen von Fortschritt und Nationalismus ausgefüllt. Wenn man an diese Träume glaubt, muß man auch glauben, daß die Menschen, hier und heute, nicht besser als

Ameisen und Wanzen sind und dementsprechend behandelt werden dürfen. Und das wurden sie denn auch, o ja!«

Der Erzvikar stößt ein gellendes Gelächter aus und nimmt das letzte Schweinsfüßchen vom Teller.

»Für seine Zeit«, fährt er dann fort, »war ja dieser Hitler ein ganz gelungenes Exemplar des vom Dämonen besessenen Menschen. Allerdings nicht ganz so besessen wie so mancher der großen nationalen Führer in den Jahren zwischen 1945 und dem Beginn des Dritten Weltkriegs, aber jedenfalls entschieden über dem Durchschnitt seiner Zeit. Mit mehr Berechtigung als irgend jemand sonst von seinen Zeitgenossen konnte er sagen: ›Nicht ich, sondern Belial in mir.‹ Alle anderen waren nur partiell und nur zu bestimmten Zeiten besessen. Nehmen Sie zum Beispiel die Naturwissenschaftler. Zumeist gute, von den besten Absichten geleitete Menschen. Aber Er bekam sie trotzdem zu fassen – und zwar an der Stelle, wo sie aufhörten, nur Mensch zu sein, und wo sie Spezialisten wurden. Deshalb die Rotzlösung und die Bomben. Und dann erinnern Sie sich wohl an diesen Mann – wie hieß er noch? –, der so lange Präsident der Vereinigten Staaten war ...«

»Sie meinen Roosevelt?«

»Richtig – Roosevelt. Erinnern Sie sich noch an das Schlagwort, das er während des Zweiten Weltkriegs immer wieder im Munde führte? ›Die bedingungslose Kapitulation!‹ Das war ganz und gar Seine Inspiration. Unmittelbar und ohne Einschränkung Seine Inspiration!«

»Das behaupten Sie«, wendet Dr. Poole ein. »Aber wie wollen Sie das beweisen?«

»Wie ich das beweisen will?« wiederholt der Erzvikar. »Die ganze geschichtliche Entwicklung seit dieser Zeit ist der Beweis. Sehen Sie doch, was geschah, als dieses Schlagwort zur anerkannten Politik und schließlich in die Wirklichkeit umgesetzt wurde. Die bedingungslose Kapitulation – wieviel Millionen neuer Tuberkulosefälle! Wieviel Millionen Kinder, die zum Diebstahl oder zur Prostitution für ein paar Riegel Schokolade gezwungen wurden! Belial hatte seine ganz besondere Freude an dem Schicksal der Kinder. Und wieder die bedingungslose Kapitulation – der Ruin Europas, das Chaos in

98

Asien, Hungersnot überall, Revolution und Tyrannei. Die bedingungslose Kapitulation – und mehr Unschuldige hatten Schlimmeres zu erdulden als während jeder anderen Periode der Geschichte. Wie Sie wissen, kennt Belial nichts Schöneres als das Leiden von Unschuldigen. Am Ende trat dann das bewußte Ereignis ein. Bedingungslose Kapitulation und Bums! – so wie Er es von jeher geplant hatte. Und das alles geschah ohne jedes Wunder oder ein besonderes Eingreifen höhererseits, sondern allein auf natürlichem Wege. Je mehr man über die Wirkung Seiner Vorsehung nachdenkt, desto unergründlicher und wunderbarer erscheint sie uns.« Mit frommer Gebärde macht der Erzvikar das Zeichen der Hörner. Eine kleine Pause entsteht. Dann hebt er die Hand. »Hören Sie«, sagt er.

Ein paar Sekunden sitzen sie schweigend da. Das undeutliche, verschwommene und monotone Psalmodieren schwillt an, bis man deutlich die Worte versteht: »Blut, Blut, Blut, Blut …« Man vernimmt einen kläglichen Schrei, als wieder eine kleine Mißgeburt auf dem Messer des Patriarchen aufgespießt wird, und dann das dumpfe Aufschlagen des Ochsenziemers auf der nackten Haut. Eine Folge von lauten, kaum noch menschlichen Schreien dringt durch das erregte Lärmen der Menge hindurch.

»Man kann sich kaum vorstellen«, fährt der Erzvikar nachdenklich fort, »daß Er *uns* ohne ein Wunder geschaffen haben soll. Und doch hat er es gekonnt! Und zwar auf die natürlichste Weise. Indem Er als Seine Instrumente den Menschen und seine Wissenschaft benutzte, schuf Er ein völlig neues Menschengeschlecht, das die Mißgestalt und die Entstellung im Blut hat, das in schmutzigem Elend lebt und das für die Zukunft keine andere Aussicht hat als die auf noch größeres Elend, noch ärgere Mißbildung und am Ende die endgültige Auslöschung. Ja, es ist grauenhaft, in die Hände des fleischgewordenen Bösen zu fallen.«

»Warum«, fragt Dr. Poole, »hören Sie dann nicht auf, ihn anzubeten?«

»Warum werfen Sie einem knurrenden Tiger ein paar Brokken zum Fressen hin? Um sich eine Atempause zu verschaf-

99

fen. Um das Unausweichliche in all seinem Grauen aufzuschieben, und sei es nur für ein paar Minuten. In der Hölle wie auf Erden – aber wenigstens sind wir noch immer auf der Erde.«

»Das scheint kaum die Mühe zu lohnen«, sagt Dr. Poole in dem philosophischen Ton eines Menschen, der gerade gut gespeist hat.

Ein ungewöhnlich durchdringender Schrei veranlaßt ihn, den Kopf zur Tür zu wenden. Eine Weile sieht er in schweigender Aufmerksamkeit zu. Diesmal drückt seine Miene Entsetzen aus, doch es ist durch wissenschaftliche Neugier nicht unerheblich gemildert.

»Nicht wahr, man gewöhnt sich daran?« fragt der Erzvikar jovial.

Sprecher

Das Gewissen und die Tradition – das erste macht aus uns Feiglinge,
Manchmal Heilige, jedenfalls Menschen.
Aber das zweite macht aus uns Patrioten, Papisten oder Protestanten,
Babbitts, Sadisten, Schweden oder Slowaken,
Kulakenjäger, Judenvergaser;
Und es bewirkt, daß alle, die aus erhabenen Motiven
Die zuckende Kreatur foltern, sich bedenkenlos
Um die Glaubensgewißheit an ihrem Ende bringen.

Ja, meine Freunde, Sie werden sich noch erinnern, wie sehr es Sie einst empörte, wenn die Türken bei der Niedermetzelung von Armeniern einmal die übliche Quote überschritten, und wie Sie Gott dankten, in einem protestantischen, fortschrittlichen Lande zu leben, in dem dergleichen Dinge einfach undenkbar waren – undenkbar, weil die Männer Bowler trugen und allmorgendlich mit dem Zug um acht Uhr dreiundzwanzig in die Stadt fuhren. Und nun denken Sie einmal einen Augenblick nur über ein paar der Greuel nach, die Sie heute für selbstverständlich halten: die Verstöße gegen die elementarsten Gebote menschlichen Anstands, begangen in Ihrem Namen (vielleicht sogar von Ihnen selbst), oder an die Greuel, die Sie sich zusammen mit Ihrer kleinen Tochter wöchentlich zweimal im Kino in der Wochenschau ansehen – und Ihr Töchterchen findet sie ganz alltäglich und langweilig. Heute in zwanzig Jahren werden, wenn die Entwicklung so weitergeht, Ihre Enkelkinder den Fernsehapparat einschalten, um sich die Gladiatorenkämpfe anzusehen; und wenn diese ihren Reiz verloren haben, werden es Massenkreuzigungen von Kriegsdienstverweigerern aus Gewissensgründen sein, vom Militär durchgeführt, oder auch das Schinden bei lebendigem Leibe (alles in Farbe) der Siebzigtausend, die in Tegucigalpa »unhonduranischer« Tätigkeit verdächtigt wurden.

Indessen schaut noch immer Dr. Poole im Allerunheiligsten durch den Spalt zwischen den Schiebetüren hindurch. Der Erzvikar stochert in seinen Zähnen herum. Es herrscht eine gemütliche Siesta-Stimmung. Doch mit einemmal wendet sich Dr. Poole nach dem Erzvikar um.

»Da ist irgendwas los«, ruft er aufgeregt. »Die Leute stehen von ihren Sitzen auf.«

»Damit habe ich schon eine ganze Weile gerechnet«, erwidert der Erzvikar, ohne die Beschäftigung mit seinen Zähnen aufzugeben. »Das macht das Blut. Und natürlich auch das Peitschen.«

»Jetzt springen sie hinunter in die Arena«, fährt Dr. Poole fort. »Sie rennen hintereinander her. Was in aller Welt ... Oh, mein Gott! Ich bitte um Verzeihung, aber ich muß doch sagen ...!«

Aufs höchste erregt tritt er von der Tür zurück.

»Alles hat seine Grenzen!« sagt er.

»Da sind Sie im Irrtum«, erwidert der Erzvikar. »Es gibt keine Grenzen. Jeder ist zu allem fähig – zu *allem*!«

Dr. Poole antwortet nicht. Von einer Kraft, die stärker als sein Wille ist, unwiderstehlich gezogen, kehrt er an seinen Beobachtungsposten zurück und betrachtet, ebenso gierig wie schockiert, die Vorgänge in der Arena.

»Es ist ungeheuerlich!« empört er sich. »Im höchsten Grade abstoßend!«

Schwerfällig erhebt sich der Erzvikar vom Diwan und entnimmt einem kleinen Wandschrank ein Fernglas, um es Dr. Poole zu reichen.

»Versuchen Sie es damit! Ein Nachtfernglas. Ein Standardgerät der Flotte aus der Zeit vor dem bewußten Ereignis. Damit werden Sie alles sehen können.«

»Aber Sie können sich nicht vorstellen . . .«

»Ich kann es mir nicht nur vorstellen«, sagt der Erzvikar mit gutmütig-ironischem Lächeln, »ich sehe es mit meinen eigenen Augen. Nur zu, Mann! Schauen Sie hin! So etwas haben Sie in Neuseeland nicht zu sehen bekommen.«

»Allerdings nicht«,' sagt Dr. Poole in einem Ton, in dem es seine Mutter hätte sagen können.

Nichtsdestoweniger hebt er das Fernglas vor die Augen.

Totale von seinem Blickpunkt aus. Eine Szene von Satyrn und Nymphen, vom Jagen und Fangen, von aufreizendem Sträuben, dem bald die leidenschaftliche Hingabe folgt, von glatten Lippen an bärtigen Mündern, von wogenden Busen in grob und ungeduldig zupackenden Händen – alles begleitet von einem Durcheinander von Schreien, Kreischen und schrillem Gelächter.

Schnitt zurück zum Erzvikar. Sein Gesicht ist zu einer Grimasse der Verachtung und des Ekels verzogen.

»Wie die Katzen«, sagt er schließlich. »Nur daß Katzen den Anstand haben, nicht gleich herdenweise auf Brautschau zu gehen. Aber Sie zweifeln noch immer an der Existenz Belials – auch jetzt noch?«

Dr. Poole schweigt.

»Gehört das zu der Entwicklung *nach* dem Ereignis?« fragt er dann.

»Es brauchte zwei Generationen.«

»Zwei Generationen!« Dr. Poole stößt einen Pfiff aus. »Nun, an *dieser* Mutation ist nichts Regressives. Und haben sie . . . ich meine, haben sie dazu auch zu jeder anderen Zeit des Jahres Lust?«

»Nur fünf Wochen lang, das ist alles. Aber wir lassen ihnen nur zwei Wochen für die effektive Paarung.«

»Warum?«

102

Der Erzvikar macht das Zeichen der Hörner.

»Aus grundsätzlichen Erwägungen. Sie müssen bestraft werden, weil sie bestraft worden sind. Das ist das Gesetz Belials. Und ich kann sagen, wir lassen sie es spüren, wenn sie gegen die Regeln verstoßen.«

»Ganz recht«, sagt Dr. Poole und erinnert sich mit einigem Unbehagen an die Episode mit Loola in den Dünen.

»Es ist allerdings einigermaßen hart für alle, die in das alte Paarungsverhalten zurückfallen.«

»Gibt es viele, die das tun?«

»Zwischen fünf und zehn Prozent der Bevölkerung. Wir nennen sie die ›Heißen‹.«

»Und Sie erlauben ihnen nicht ...?«

»Wir verprügeln sie nach Strich und Faden, wenn wir sie erwischen.«

»Aber das ist ungeheurlich!«

»Natürlich ist es das«, stimmt ihm der Erzvikar bei. »Aber denken Sie an Ihre eigenen geschichtlichen Erfahrungen. Wenn Sie die Solidarität eines Volkes wollen, benötigen Sie entweder einen äußeren Feind oder eine unterdrückte Minderheit. Wir haben keine äußeren Feinde, also müssen wir das Beste aus unseren ›Heißen‹ machen. Sie sind für uns, was die Juden für Hitler und was die Bourgeoisie für Lenin und Stalin waren oder einst die Ketzer in den katholischen Ländern und die Papisten in protestantischen Staaten. Wenn etwas bei uns schiefgeht, sind immer die ›Heißen‹ daran schuld. Ich weiß nicht, was wir ohne sie täten.«

»Aber überlegen Sie sich denn nie, wie *denen* zumute sein muß?«

»Warum? Zunächst einmal: das Gesetz will es so. Eine angemessene Strafe für die Bestraften. Zweitens: wenn sie vorsichtig sind, werden sie nicht bestraft. Sie haben weiter nichts zu tun, als Kinder nicht in der falschen Jahreszeit zu bekommen und die Tatsache zu kaschieren, daß sie sich verliebt haben und in ständige Beziehungen zu einer Person des anderen Geschlechts getreten sind. Und wenn sie nicht vorsichtig sein wollen, können sie immer noch weglaufen.«

»Weglaufen? Wohin denn?«

»Nördlich von hier gibt es eine kleine Gemeinde in der Nähe von Fresno. Sie besteht zu fünfundachtzig Prozent aus ›Heißen‹. Die Reise ist natürlich gefährlich; es gibt kaum Wasser unterwegs. Und wenn wir sie fangen, begraben wir sie bei lebendigem Leibe. Aber wenn sie das Risiko auf sich nehmen wollen, so steht ihnen das völlig frei. Und außerdem gibt es noch den Priesterstand.« Er macht das Zeichen der Hörner. »Ein aufgeweckter Junge, der schon früh Zeichen von Heißblütigkeit zeigt, hat für seine Zukunft ausgesorgt. Wir machen aus ihm einen Priester.«

Es dauert ein paar Sekunden, bevor Dr. Poole seine nächste Frage zu stellen wagt.

»Sie wollen sagen, daß . . .?«

»Genau das«, erwidert der Erzvikar. »Um des Höllischen Reiches willen, nicht zu reden von den rein praktischen Gründen. Schließlich müssen die Geschäfte der Gemeinschaft irgendwie weiterbetrieben werden, und offensichtlich ist der Laienstand dazu nicht in der Lage.«

Der Lärm in der Arena schwillt an und erreicht einen kurzen Höhepunkt.

»Widerlich!« stößt der Erzvikar mit plötzlich verstärktem Abscheu im Falsett hervor. »Und das ist noch nichts, verglichen mit dem, was später daraus noch werden wird. Wie dankbar bin ich, daß ich vor solcher Schmach bewahrt worden bin! Sie sind nicht sie selber, sondern der Feind der Menschheit, fleischgeworden in ihren ekelerregenden Leibern. Nun sehen Sie doch einmal dort hinüber.« Er zieht Dr. Poole zu sich und streckt seinen dicken Zeigefinger aus. »Da, links vom Hochaltar, mit dem kleinen rothaarigen Gefäß – das ist der Chef. Der Chef!« wiederholt er mit ironischer Emphase. »Was für eine Art von Herrscher wird er wohl in den nächsten vierzehn Tagen abgeben?«

Dr. Poole widersteht der Versuchung, über einen Mann eine persönliche Bemerkung zu machen, der sich zwar vorübergehend von den Regierungsgeschäften zurückgezogen hat, nichtsdestoweniger seine Machtposition wieder einnehmen muß. Der Botaniker begnügt sich mit einem kurzen nervösen Lachen.

»Ach ja«, meint er nur, »er scheint auszuspannen von den Staatsgeschäften.«

Sprecher

Aber warum, warum um alles in der Welt muß er gerade bei Loola ausspannen? Das gemeine Vieh und das treulose Flittchen! Aber einen Trost gibt es – und für einen schüchternen Mann, der von Begierden geplagt ist, die er nicht auszuleben wagt, ist es ein großer Trost: Loola beweist durch ihr Verhalten eine Zugänglichkeit, von der man in Neuseeland in akademischen Kreisen und in der Umgebung seiner Mutter kaum zu träumen wagt: es scheint zu schön, um wahr zu sein. Aber nicht nur Loola zeigt sich so zugänglich. Das Mulattenmädchen, Flossie, die rundliche honigfarbene Germanin, diese gewaltige armenische Matrone und auch die kleine flachsblonde Halbwüchsige mit den großen blauen Augen, sie sind nicht weniger aktiv, nicht weniger laut . . .

»Ja, das ist unser Chef«, bemerkt der Erzvikar mit Bitterkeit. »Solange er und die anderen Schweine im Zustand der Besessenheit sind, übernimmt die Kirche die Führung der Geschäfte.«

Unverbesserlich gebildet, macht Dr. Poole, trotz seines überwältigenden Wunsches, jetzt da draußen mit Loola zusammenzusein – oder auch mit irgendeiner anderen Frau, wenn es sich so ergeben sollte –, eine hübsche Bemerkung über geistliche Autorität und weltliche Macht.

Der Erzvikar überhört sie.

»Nun, es wird Zeit, daß ich mich an die Arbeit mache«, sagt er statt dessen.

Er ruft einen Postulanten herbei, der ihm eine Unschlittkerze reicht, worauf er vor den Altar an der Ostseite der Kapelle tritt. Dort steht eine einzige sehr dicke und über einen Meter hohe gelbe Wachskerze. Der Erzvikar beugt das Knie, entzündet die Altarkerze und macht das Zeichen der Hörner, um sodann bis zur Schiebetür zu gehen, wo Dr. Poole gerade voll fasziniertem Grauen und schockierter Begehrlichkeit, die Augen weit aufgerissen, auf das Schauspiel in der Arena blickt.

»Lassen Sie mich bitte durch.«

Dr. Poole tritt zur Seite.

Ein Postulant läßt zuerst den einen, dann den anderen Tür-
flügel zur Seite gleiten. Der Erzvikar tritt vor und steht nun
mitten in der Türöffnung. Er berührt die goldenen Hörner seiner Tiara. Von den Musikanten auf den Stufen des Hochaltars
kommt das schrille Kreischen der Blockflöten aus Schenkel-
bein. Der Lärm der Menge ebbt ab, und nur noch gelegentlich
wird die Stille unterbrochen durch einen bestialischen Laut der
Lust oder Qual, die zu glühend ist, als daß sie sich unterdrücken
ließe. Die Priester beginnen ihren Wechselgesang.

Erster Halbchor

Die Zeit ist da,

Zweiter Halbchor

Denn Belial kennt keine Gnade,

Erster Halbchor

Die Zeit, wo die Zeit ein Ende findet.

Zweiter Halbchor

Im Chaos der Lust.

Erster Halbchor

Die Zeit ist da,

Zweiter Halbchor

Denn Belial steckt euch im Blut,

Erster Halbchor

Die Zeit, wo in euch geboren werden

Zweiter Halbchor

Die anderen, die Fremden,

Erster Halbchor

Ein juckendes Gelüst,

Zweiter Halbchor

Ein schwellender Wurm.

Erster Halbchor

Die Zeit ist da,

Zweiter Halbchor

Denn Belial haßt euch,

Erster Halbchor

Die Zeit für das Sterben der Seele,

Zweiter Halbchor

Für den Untergang des Ichs,

Erster Halbchor

Verurteilt von krankhaften Begierden,

Zweiter Halbchor

Gehenkt von der Lust.

Erster Halbchor

Die Zeit für den totalen

Zweiter Halbchor

Triumph des Feindes,

Erster Halbchor

Für die Herrschaft des Pavians,

Zweiter Halbchor

Auf daß Ungeheuer gezeugt werden mögen.

Erster Halbchor

Nicht euer Wille geschehe, sondern der Seine,

Zweiter Halbchor

Auf daß ihr verdammt seiet in Ewigkeit.

»Amen!« erschallt es laut und einstimmig von der Menge.

»Sein Fluch sei mit euch«, intoniert der Erzvikar mit hoher Stimme und geht bis ans andere Ende der Kapelle zurück, um dort den neben dem Altar aufgebauten Thron zu besteigen. Von draußen hört man verworrenes Rufen, das immer lauter wird. Und plötzlich ist die Kapelle überflutet von einer sich drängenden Menge korybantischer Teilnehmer am Belials-dienst. Sie stürmen bis zum Altar, reißen sich gegenseitig die Schürze ab und werfen sie auf einen immer größer werdenden Haufen vor dem Thron des Erzvikars. NEIN, NEIN, NEIN – und als Antwort auf jedes NEIN ertönt ein triumphierendes J a, begleitet von einer unmißverständlichen Geste, die der am nächsten stehenden Person des anderen Geschlechts gilt. In der Ferne psalmodieren indessen die Priester monoton und in end-loser Wiederholung: »Nicht euer Wille geschehe, sondern der Seine, auf daß ihr verdammt seiet in Ewigkeit!«

Großaufnahme von Dr. Poole, wie er die Vorgänge aus sei-nem Kapellenwinkel verfolgt.

Schnitt zur Menge. Ein geistloses, ekstatisches Gesicht nach dem anderen kommt ins Bild und verschwindet wieder. Plötzlich aber erscheint das Antlitz von Loola – mit leuchtenden Augen, halbgeöffneten Lippen und den wieder sehr lebendigen Grübchen. Sie dreht sich um und erblickt Dr. Poole.

»Alfie!« ruft sie ihm zu.

Der Ton ihrer Stimme und der Ausdruck ihres Gesichts bewirken, daß seine Erwiderung nicht weniger entzückt klingt.

»Loola!«

Sie stürzen aufeinander zu und umarmen sich leidenschaftlich. Die Sekunden vergehen. Auf der Tonspur lassen sich, pathetisch-getragen, die Klänge des Karfreitagszaubers aus »Parsifal« vernehmen.

Die beiden Gesichter lösen sich voneinander, die Kamera fährt zurück.

»Rasch, rasch!«

Loola ergreift Dr. Poole am Arm und zieht ihn zum Altar.

»Mein Schurz!« sagt sie zu ihm.

Dr. Poole sieht auf ihren Schurz und wird so rot wie das daraufgestickte NEIN, dann wendet er den Blick verschämt ab.

»Es kommt mir so ... so unschicklich vor«, sagt er.

Er streckt die Hand aus und zieht sie wieder zurück. Aber dann überlegt er es sich wieder anders und faßt den Schurz mit Daumen und Zeigefinger am Zipfel. Schüchtern und ohne rechte Energie zieht er ein paarmal.

»Kräftiger!« fordert sie, »viel kräftiger!«

Mit einer an Raserei grenzenden Heftigkeit – denn er reißt nicht nur einen Schurz ab, sondern da ist auch der Einfluß seiner Mutter, und da sind all seine Hemmungen, alle Konventionen, in denen er aufgezogen wurde – gehorcht Dr. Poole der Aufforderung. Die Nähte geben leichter nach, als er es sich vorgestellt hatte, und beinahe fällt er auf den Rücken. Nachdem er sein Gleichgewicht wiedergefunden hat, steht er nun da und blickt verwirrt und schüchtern von dem kleinen Schurz, der das sechste Gebot repräsentiert, in das lachende Gesicht Loolas, dann wieder auf die blutroten Buchstaben des Verbots. Reißschwenk zwischen NEIN, Grübchen, NEIN, Grübchen, NEIN ...

»Ja!« ruft Loola triumphierend. »Ja!«

Sie reißt ihm den Schurz aus der Hand und wirft ihn auf den

Haufen vor dem Thron. Darauf trennt sie mit lautem Ja und noch mal Ja die Flicken von ihrer Brust und verneigt sich vor der Kerze auf dem Altar.

Nahaufnahme vom Rücken der knienden Loola. Plötzlich stürzt ein älterer graubärtiger Mann aufgeregt ins Bild, reißt Loola die beiden NEINs von ihren rauhen Wollhosen und schickt sich an, sie zur Tür der Kapelle zu zerren.

Aber Loola macht sich mit einer Ohrfeige und einem kräftigen Stoß frei und wirft sich wieder Dr. Poole in die Arme.

»Ja?« fragt sie flüsternd.

Und mit allem Nachdruck antwortet er: »Ja!«

Sie küssen sich und lächeln sich verzückt an. Dann streben sie der Dunkelheit jenseits der Schiebetür zu. Als sie am Thron vorbeikommen, beugt sich der Erzvikar zu ihnen hinab und klopft, ironisch lächelnd, Dr. Poole auf die Schulter.

»Wo haben Sie mein Fernglas gelassen?« fragt er.

Überblenden zu einer Nachtszene mit tiefschwarzen Schatten und weiten Flächen im Mondschein. Im Hintergrund die zerfallende Ruine des County-Museums. Zärtlich umschlungen kommen Loola und Dr. Poole ins Bild, um alsbald wieder in undurchdringlicher Dunkelheit zu verschwinden. Für einen Augenblick erscheinen die Silhouetten von Männern, die Frauen nachjagen, und von Frauen, die sich auf Männer stürzen. Vor dem Hintergrund des Karfreitagszaubers vernehmen wir einen an- und abschwellenden Chor von Grunzen und Stöhnen, von gleichsam explosiv herausgeschrienen Obszönitäten und dem langgezogenen Geheul einer qualvollen Lust.

Sprecher

Betrachten Sie die Vögel. Mit wieviel Zartgefühl sie sich lieben, ja mit geradezu altmodischer Ritterlichkeit! Auch wenn die im Körper erzeugten Hormone einer Bruthenne diese für sexuelle Regungen empfänglich machen, ist doch die Wirkung weder so heftig noch zeitlich so begrenzt wie die der Eierstockhormone bei weiblichen Säugetieren während der Brunst. Auch ist der Hahn offenbar nicht imstande, von einer unwilligen Henne die Befriedigung seiner Begierde zu erzwingen. Das erklärt, warum beim männlichen Vogel das leuchtend bunte Gefieder vorherrscht und auch warum er den Instinkt zu balzen mitbekommen hat. Und es erklärt auch die auffällige Abwesenheit all dieser reizenden Eigenschaften bei den männlichen Säugetieren. Denn wo die Begierde des Weibchens und seine Anziehungskraft auf das männliche Geschlecht allein durch einen chemischen Prozeß bestimmt wird – wie bei den Säugetieren –, bedarf es natürlich nicht besonderer männlicher Schönheit oder eines komplizierten amourösen Vorspiels.

Bei den Menschen ist potentiell jeder Tag des Jahres Paarungszeit. Frauen sind nicht chemisch programmiert, in einem Zeitraum von wenigen Tagen die Annäherungsversuche des erstbesten Mannes zu akzeptieren. Der weibliche Körper produziert Hormone in so geringer Dosierung, die auch den temperamentvollsten Frauen noch eine gewisse Freiheit der Wahl läßt. Deshalb hat denn auch der Mann, im Gegensatz zu seinen Geschlechtsgenossen unter den Säugetieren, den Frauen von jeher den Hof gemacht. Jetzt hat sich das alles durch die Gammastrahlen geändert. Die Erbanlagen für das physische und psychische Verhalten des Menschen sind verändert. Dank des gewaltigen Triumphs der modernen Wissenschaft ist heute das Geschlechtsleben auf einen kurzen Zeitraum im Jahr begrenzt. Die Liebesromantik fiel der Brunst zum Opfer, und der chemisch bedingte Zwang zur Paarung, unter dem die Frau steht, hat allem galanten Liebeswerben des Mannes, aller Ritterlichkeit und Zärtlichkeit, ja der Liebe selbst ein Ende gemacht.

In diesem Augenblick tauchen eine strahlende Loola und ein recht zerzauster Dr. Poole aus dem Schatten auf. Ein stämmiger Bursche, im Augenblick ohne Partner, kommt breit ausschreitend ins Bild. Beim Anblick Loolas bleibt er stehen. Sein Mund geht nicht mehr zu, die Augen werden größer, und er atmet schwer.

Dr. Poole mustert den Fremden mit einem Blick und wendet sich dann nervös an seine Begleiterin.

»Ich glaube, es wäre das beste, wenn wir hier entlanggingen ...«

Ohne ein Wort zu verlieren, stürzt sich der Fremde auf Dr. Poole, versetzt ihm einen Stoß, der den Botaniker in weitem Bogen zu Boden wirft, und schließt Loola in seine Arme. Einen Augenblick leistet sie ihm Widerstand. Doch dann wirkt die Chemie in ihrem Blut als kategorischer Imperativ, und Loola gibt den Widerstand auf.

Mit Lauten, wie sie ein Tiger zur Fütterungszeit ausstößt, hebt der Fremde sie hoch und trägt sie in den Schatten.

Dr. Poole, der inzwischen Zeit hatte, sich wieder aufzurappeln, macht Anstalten, ihnen zu folgen, um sich zu rächen und das bedrängte Opfer zu befreien. Aber dann veranlaßt ihn eine Mischung aus böser Vorahnung und Bescheidenheit, seine Eile zu mäßigen. Weiß der Himmel, in was für eine Situation er da hineinplatzen mochte, wenn er weiterging. Und dann dieser Mann, dieses haarige Ungetüm aus Knochen und Muskeln ... Alles in allem mochte es gescheiter sein ... Er bleibt stehen und überlegt einen Augenblick, was er tun soll. Da kommen plötzlich zwei schöne junge Mulattenmädchen im Laufschritt aus dem County-Museum. Gleichzeitig werfen beide ihre braunen Arme um Dr. Pooles Hals und bedecken sein Gesicht mit Küssen.

»Du großer, starker, schöner Halunke!« flüstern sie im heiser-rauchigen Unisono.

Einen Augenblick schwankt Dr. Poole zwischen der hemmenden Erinnerung an seine Mutter und der von den Dichtern und Romanautoren vorgeschriebenen Treue zu Loola einerseits und dem warmen, schmiegsamen Geheimnis des Lebens andererseits. Nach einem nicht länger als vier Sekunden dauernden moralischen Kampf entscheidet er sich, wie wir es anders nicht erwarteten, für das Geheimnis des Lebens. Er lächelt also und erwidert die Küsse; er murmelt Worte, die, aus seinem Munde, Miss Hook sehr überraschen – und gar erst seine Mutter so gut wie umbringen würden. Er schlingt um jedes der beiden Mädchen einen Arm, streicht ihnen liebkosend über die Brüste – mit Händen, die dergleichen noch nie getan haben, es sei denn in unaussprechlichen Phantasien. Die Paarungslaute schwellen zu einem kurzen Höhepunkt an, um bald wieder abzuebben. Für ein Weilchen folgt absolute Stille.

Mit einem Gefolge von Archimandriten, Familiaren, Presbytern und Postulanten kommen majestätischen Schritts der Erzvikar und der Patriarch von Pasadena ins Bild. Beim Anblick Dr. Pooles und der beiden Mulattenmädchen macht der Zug halt. Mit einer Grimasse von Ekel und Abscheu spuckt der Patriarch auf den Boden. Der Erzvikar, toleranter, lächelt ironisch.

»Dr. Poole!« flötet er in seinem merkwürdigen Falsett.

Als hätte er den Ruf seiner Mutter vernommen, läßt Dr. Poole schuldbewußt die eben noch geschäftigen Hände sinken und versucht, während er sich dem Erzvikar zuwendet, seinem Gesicht den Ausdruck unbekümmerter Unschuld zu geben. »Was sind das eigentlich für Mädchen?« will er mit seinem Lächeln sagen. »Ich weiß nicht einmal, wie sie heißen. Wir unterhielten uns gerade über die höheren Kryptogamen, verstehen Sie?«

»Du großer, starker, schöner —«, beginnt da eine heiser-rauchige Stimme.

Dr. Poole hustet laut und wehrt die Umarmung ab, die von den Worten begleitet wird.

»Lassen Sie sich bitte durch uns nicht stören«, sagt der Erzvikar liebenswürdig. »Schließlich haben wir nur einmal im Jahr den Belialstag.«
Er tritt näher, berührt die goldenen Hörner seiner Tiara und legt darauf seine Hände Dr. Poole aufs Haupt.

»Ihre Bekehrung«, sagt er – und plötzlich spricht er mit professioneller Salbung – »streift, so unvermittelt, wie sie gekommen ist, ans Wunderbare. Doch, ans Wunderbare! – Übrigens«, und hier ändert sich wieder sein Ton, »wir hatten etwas Ärger mit Ihren neuseeländischen Freunden. Eine Gruppe von ihnen wurde heute nachmittag in Beverly Hills gesichtet. Ich nehme an, daß man Sie gesucht hat.«

»Sehr wohl möglich.«

»Aber sie werden Sie nicht finden«, versichert ihm der Erzvikar freundlich. »Einer unserer Beamten begab sich mit einem Aufgebot von Familiaren an Ort und Stelle, um sich mit ihnen zu beschäftigen.«

»Was geschah?« fragt Dr. Poole besorgt.

»Unsere Leute legten sich in einen Hinterhalt und schossen mit Pfeilen auf sie. Einen haben sie getötet. Die anderen flüchteten mit den Verwundeten. Ich glaube, sie werden uns jetzt in Ruhe lassen. Aber für alle Fälle ...« Er winkt zwei seiner Begleiter heran. »Hört gut zu«, sagt er, »es gibt hier keinen Rettungsversuch und keine Flucht. Dafür mache ich euch beide verantwortlich. Verstanden?«

Die beiden Postulanten verneigen sich.

»Aber jetzt«, wendet sich der Erzvikar wieder an Dr. Poole, »halten wir Sie nicht länger ab von der Zeugung so vieler kleiner Ungeheuer, wie Ihnen nur möglich ist.«

Zwinkernd tätschelt er Dr. Poole die Wange. Dann nimmt er den Arm des Patriarchen und verläßt mit seinem Gefolge die Szene.

Dr. Poole sieht den sich entfernenden Gestalten nach und blickt dann scheu und beklommen auf die beiden Postulanten, die zu seiner Bewachung zurückgeblieben sind.

Da schlingen sich plötzlich braune Arme um seinen Hals.

»Du großer, starker, schöner —«

»Aber ich bitte Sie! Doch nicht in der Öffentlichkeit! In Gegenwart von diesen Männern!«

»Was ist dabei?«

Und noch bevor er antworten kann, bedrängen ihn wieder, mit Moschusduft und rauchigen dunklen Stimmen, die Geheimnisse des Lebens. In einer verwickelten Umarmung wird er, ein halb widerstrebender, halb selig einverstandener Laokoon, in das Dunkel der Schatten entführt. Die beiden Postulanten spucken mit angewidertem Gesichtsausdruck gleichzeitig aus.

Sprecher

L'ombre était nuptiale, auguste et solennelle ...

Er wird unterbrochen durch plötzliches wildes Katzengeschrei.

113

Sprecher

Wenn ich in die Fischteiche meines Gartens blicke,
(Und nicht nur des meinen, denn jeder Garten
Ist wie gesiebt von Aallöchern und den
     Spiegelbildern des Monds), *dann ist mir,*
Als sähe ich ein Wesen wie mit einer Harke,
Das aus dem Schlick, aus der Immanenz
Der Himmelsaale, *nach mir zu schlagen scheint,*
Nach Mir, dem Heiligen, dem Göttlichen! Und doch
Wie lästig ist ein schlechtes Gewissen! Wie lästig,
Übrigens, auch ein gutes!
Was Wunder denn, wenn der Greuel der Fischteiche
Uns magisch anzieht? Und er schlägt mit seiner Harke
     zu,
Und ich, ängstlich, im Schlamm
Oder im flüssigen Mondlicht,
Entdecke dankbar, daß noch andere diese blinde
Oder auch strahlende Existenz mit mir teilen.

Überblenden zu einer Nahaufnahme von Dr. Poole, der auf dem Treibsand vor einer hochaufragenden Betonmauer schläft. Ein paar Meter entfernt von ihm schläft einer seiner beiden Bewacher. Der andere ist in ein altes Exemplar von *Forever Amber* vertieft. Die Sonne steht hoch am Firmament, und in einer Großaufnahme erscheint eine kleine grüne Eidechse, die über eine der beiden ausgestreckten Hände von Dr. Poole kriecht. Er aber ruht regungslos wie ein Toter.

Sprecher

Und auch dies ist das glückselige Dasein eines Menschen, der ganz gewiß nicht der Naturwissenschaftler Dr. Alfred Poole ist. Denn der Schlaf ist eine der Vorbedingungen der Inkarnation, das Hauptinstrument göttlicher Immanenz. Im Schlaf hören wir auf zu leben, damit wir (und wie beseligt!) von einem namenlosen Anderen gelebt werden, das die Gelegenheit nutzt, dem Geist wieder Gesundheit zu bringen und Heilung dem mißbrauchten und sich selbst quälenden Körper.

Vom Aufstehen bis zum Schlafengehen mag man alles nur mögliche tun, um die Natur zu schänden und das eigene »gläsern Element« zu leugnen. Aber selbst der zornigste Affe wird am Ende seiner Späße überdrüssig und braucht den Schlaf. Und im Schlaf bewahrt ihn, ob er will oder nicht, das in ihm wohnende Erbarmen vor dem Selbstmord, den zu begehen er sich in seinen wachen Stunden wie wahnsinnig bemüht hat. Dann geht die Sonne wieder auf, und unser Affe erwacht wieder einmal zu seinem Ich und seiner Willensfreiheit – zu einem neuen Tag voller Streiche und Mätzchen oder aber, wenn er sich so entscheidet, zum Beginn der Selbsterkenntnis, und das heißt, zu den ersten Schritten zu seiner Befreiung.

Der Sprecher wird von lautem erregtem Frauengelächter unterbrochen. Der Schläfer bewegt sich, und nach einer zweiten, noch lauteren Lachsalve schreckt er auf und wird vollends wach. Er setzt sich auf und schaut sich ratlos um, denn er weiß nicht, wo er sich befindet. Noch einmal das Gelächter. Er wendet den Kopf in die Richtung, aus der es kommt. In einer von ihm aus gesehenen Totale erblicken wir seine beiden braunen Freundinnen von der vergangenen Nacht, die hinter einer Sanddüne hervor im Laufschritt auftauchen und in die Ruinen des County-Museums rennen. Ihnen auf den Fersen folgt, in angespanntem Schweigen, der Chef. Alle drei verschwinden aus dem Bild.

Der Postulant erwacht aus seinem Schlaf und wendet sich seinem Kameraden zu.

»Was ist da los?« fragt er.

»Das übliche«, antwortet der andere, ohne von seiner Lektüre aufzublicken.

Noch während er spricht, hallt gellendes Gekreisch durch die höhlenartigen Säle des Museums. Schweigend blicken sich die Postulanten an. Dann spucken sie gleichzeitig aus.

Schnitt zurück zu Dr. Poole.

»Mein Gott!« ruft er laut. »Mein Gott!«
Und er schlägt die Hände vors Gesicht.

Sprecher

Man lasse in der Übersättigung an diesem »Morgen danach« sein schlechtes Gewissen sprechen, dazu alle auf Mutters Knien gelernten Grundsätze – oder auch die nicht wenigen, die über den Knien (den Kopf nach unten, das Hemd hochgezogen) gelernt wurden dank einer tüchtigen Tracht Prügel, welche mit Bedauern und frommem Eifer zugleich verabfolgt wurde. Aber – welche Ironie! – in Erinnerung gerufen, ist diese Prügel Anlaß und Begleitung zu unzähligen erotischen Träumereien, denen dann wieder Gewissensbisse folgen, die ihrerseits wiederum Assoziationen von Strafe mit all den damit verbundenen wollüstigen Empfindungen hervorrufen. Und so weiter ohne Ende. Nun, wie gesagt, man lasse sein Gewissen und seine Grundsätze sprechen, und das Ergebnis kann leicht eine religiöse Bekehrung sein. Aber Bekehrung zu was? Vergessend, was am mindsten zu bezweifeln, vermag unser armer Freund es nicht zu sagen. Und jetzt kommt so ungefähr der letzte Mensch, von dem er erwarten würde, er könne ihm bei der Lösung dieses Rätsels helfen.

Während der Sprecher den letzten Satz spricht, kommt Loola ins Bild.
»Alfie«, ruft sie ihm glücklich zu. »Ich habe dich gesucht.«
Kurzer Schwenk zu den beiden Postulanten, die Loola mit all dem Abscheu, den ihnen ihre erzwungene Enthaltsamkeit einflößt, einen Augenblick betrachten, um sich dann abzuwenden und auszuspucken.
Auch Dr. Poole wendet nach einem flüchtigen Blick auf diese »Züge mit dem Ausdruck gestillten Verlangens« schuldbewußt sein Gesicht ab.
»Guten Morgen!« begrüßt er die junge Frau mit förmlicher Höflichkeit. »Ich hoffe . . . Sie haben gut geschlafen.«
Loola setzt sich neben ihn und entnimmt ihrer über die Schulter gehängten Ledertasche ein halbes Brot und fünf oder sechs große Orangen.

»Niemand denkt in diesen Tagen ans Kochen«, erklärt sie. »Es ist einfach ein einziges langes Picknick, bis wieder die kalte Jahreszeit kommt.«

»Ich verstehe«, sagt Dr. Poole.

»Du mußt schrecklichen Hunger haben«, fährt sie fort. »Nach der letzten Nacht.«

Ihre Grübchen springen aus dem Versteck, als sie ihn anlächelt.

Vor Verlegenheit errötend versucht Dr. Poole, rasch das Thema zu wechseln.

»Was für herrliche Orangen!« sagt er. »In Neuseeland gedeihen sie nicht so recht außer im höchsten –«

»Da, nimm«, unterbricht ihn Loola.

Sie reicht ihm ein dickes Stück Brot, bricht auch für sich selbst ein Stück ab und beißt mit kräftigen weißen Zähnen hinein.

»Es schmeckt gut«, sagt sie, mit vollen Backen kauend. »Warum ißt du nicht?«

Dr. Poole gesteht sich ein, daß er tatsächlich einen Bärenhunger hat, will das aber schicklichkeitshalber nicht gar zu offen zeigen und knabbert deshalb nur zimperlich an seiner Brotkruste herum.

Loola schmiegt sich an ihn und lehnt den Kopf an seine Schulter.

»Es hat Spaß gemacht, nicht wahr, Alfie?« Sie beißt ein weiteres Stück Brot ab und fährt, ohne eine Antwort abzuwarten, fort: »Mit dir hat es mir mehr Spaß gemacht als mit jedem anderen. Ist es dir auch so ergangen?«

Voller Zärtlichkeit blickt sie zu ihm auf.

Großaufnahme, aus Loolas Perspektive. Im Mienenspiel Dr. Pooles läßt sich sein qualvoller Gewissenskonflikt erraten.

»Alfie! Was hast du?«

»Vielleicht wäre es besser«, vermag er endlich zu stammeln, »wenn wir von etwas anderem sprächen.«

Loola richtet sich auf. Ein paar Sekunden sieht sie ihn schweigend und voll gesammelter Aufmerksamkeit an.

»Du denkst zuviel«, sagt sie schließlich. »Du darfst nicht soviel denken. Wenn man anfängt zu denken, hört es auf, Spaß zu machen.« Das Leuchten schwindet plötzlich aus ihrem Gesicht.

»Wenn man erst anfängt nachzudenken«, sagt sie leise, »dann ist es grauenhaft. Denn es ist schrecklich, in die Hände des fleischgewordenen Bösen zu fallen. Wenn ich daran denke, was man mit Polly und ihrem Baby getan hat . . .«

Sie schaudert. Ihre Augen füllen sich mit Tränen, und sie wendet sich ab.

Sprecher

Wieder Tränen – ein Symptom von Persönlichkeit. Ihr Anblick weckt eine Sympathie, die stärker als das Schuldgefühl ist.

Ohne sich um die Postulanten zu kümmern, zieht Dr. Poole Loola an sich und versucht sie mit geflüsterten Worten und Liebkosungen wie ein kleines Kind zu trösten. Er hat damit so guten Erfolg, daß sie in knapp zwei Minuten ganz ruhig in seinem Arm liegt. Mit einem glücklichen Seufzer schlägt sie die Augen zu ihm auf. Sie lächelt mit einem Ausdruck von Zärtlichkeit, dem die Grübchen, gleichsam als reizenden Kontrast, eine Andeutung von Übermut hinzufügen.

»Das ist etwas, wovon ich immer geträumt habe.«

»Ja?«

»Aber es kam nie dazu. Es konnte auch gar nicht dazu kommen. Nicht, bevor *du* kamst.« Sie streicht ihm zärtlich über die Wange. »Ich wünschte, du müßtest keinen Bart tragen«, sagt sie. »Dann würdest du wie alle anderen aussehen. Aber du bist nicht wie sie, du bist ganz anders.«

»So ganz anders aber auch nicht«, sagt Dr. Poole.

Er beugt sich über sie und küßt sie auf die Augenlider, den Hals, den Mund – dann lehnt er sich zurück und betrachtet sie mit einer Miene triumphierender Männlichkeit.

»Nicht anders in *der* Beziehung«, stellt sie klar, »aber in *dieser*.« Sie streichelt wieder seine Wange. »So wie wir hier zusammen sitzen und miteinander reden und glücklich sind, weil du eben du bist und ich ich bin – das gibt es hier nicht. Außer –« Sie bricht ab, und ihr Blick verdüstert sich. »Weißt du, was mit den ›Heißen‹ geschieht?« fragt sie im Flüsterton.

Diesmal ist die Reihe an Dr. Poole, gegen ein Zuviel an Denken und Bedenken zu protestieren. Er unterstützt seine Worte mit Taten.

Großaufnahme der Umarmung. Dann Kameraschwenk zu den beiden Postulanten, die das Schauspiel angewidert verfolgen. Als sie ausspucken, kommt ein dritter Postulant ins Bild.

»Befehl Seiner Eminenz«, kündigt er an und macht das Zeichen der Hörner. »Euer Auftrag ist beendet. Meldet euch beim Stab zurück!«

Überblendung zur *Canterbury*. Ein verwundeter Matrose, der einen Pfeil in seiner Schulter stecken hat, wird mittels einer Schlinge aus dem Rettungsboot an Bord des Schoners gehoben. An Deck liegen bereits zwei weitere Opfer der kalifornischen Bogenschützen, Dr. Cudworth mit einer Wunde am linken Bein und Miss Hook, der ein Pfeil tief in die rechte Körperseite gedrungen ist. Als der Arzt sich über sie beugt, wird seine Miene ernst.

»Morphium!« sagt er zu seinem Sanitäter. »Dann wollen wir sie, so schnell es geht, in den OP hinunterbringen.«

Währenddessen hört man laute Befehle und plötzlich das Geräusch des Donkey-Kessels mit dem Rasseln der Ankerkette, die mit der Dampfwinde um das Gangspill gewunden wird.

Ethel Hook schlägt die Augen auf und blickt um sich. Auf dem bleichen Gesicht erscheint ein Ausdruck von Angst und Sorge.

»Sie wollen doch nicht einfach davonsegeln und ihn im Stich lassen?« sagt sie. »Das können Sie doch nicht! Sie können es nicht!« Sie macht eine Anstrengung, um sich von der Trage zu erheben, die Bewegung verursacht ihr aber solchen Schmerz, daß sie ächzend zurücksinkt.

»Ruhig, ganz ruhig«, sagt der Arzt besänftigend, als er ihr den Arm mit Alkohol betupft.

»Aber er ist doch vielleicht noch am Leben«, gibt sie zaghaft zu bedenken. »Man kann ihn nicht einfach im Stich lassen und die Hände in Unschuld waschen.«

»Halten Sie ganz still«, sagt der Arzt, nimmt dem Sanitäter die Spritze aus der Hand und stößt die Nadel ins Fleisch.

Das Rasseln der Ankerkette wird lauter und lauter, indes wir in die Einstellung mit Loola und Dr. Poole zurückschneiden.

»Ich habe Hunger«, sagt Loola und setzt sich auf.

Sie greift nach ihrem Rucksack und entnimmt ihm den Rest des Brotlaibs. Nachdem sie ihn in zwei Teile gebrochen hat, reicht sie das größere Dr. Poole und beißt kräftig in das kleinere, das sie für sich behalten hat. Sie schluckt einen Bissen hinunter und will gerade ein zweites Stück abbeißen, als sie sich plötzlich anders besinnt. Sie wendet sich Dr. Poole zu, ergreift seine Hand und drückt einen Kuß darauf.

»Warum?« fragt er.

Loola zuckt die Achseln.

»Ich weiß selbst nicht. Mir war gerade so zumute.« Sie ißt weiter ihr Brot, aber nach einer ganz mit Kauen ausgefüllten Pause richtet sie den Blick auf ihn mit einem Ausdruck, als habe sie gerade eine wichtige und unvermutetete Entdeckung gemacht.

»Alfie, ich glaube, ich werde nie wieder das Verlangen haben, einem anderen als dir ja zu sagen.«

Tief bewegt neigt sich Dr. Poole zu ihr und nimmt ihre Hand, um sie an sein Herz zu drücken.

»Mir ist, als hätte ich gerade eben entdeckt, was Leben eigentlich heißt«, sagt er.

»Mir geht es genauso.«

Sie schmiegt sich an ihn. Und so wie ein Geizhals den unwiderstehlichen Wunsch hat, immer wieder seine Schätze zu zählen, so fährt Dr. Poole ihr mit den Fingern durchs Haar, jede einzelne Locke liebkosend, indem er sie aufnimmt und lautlos wieder fallen läßt.

Sprecher

So haben denn diese beiden, dank der Dialektik des Gefühls, jene Synthese aus Chemischem und Persönlichem für sich wiederentdeckt, die wir mit Monogamie und romantischer Liebe bezeichnen. In Loolas Fall hatten die Hormone das Persönliche ausgeschlossen, in Dr. Pooles Fall war das Persönliche nicht mit den Hormonen in Einklang gekommen. Aber jetzt stehen beide am Anfang einer umfassenden Vollständigkeit.

Dr. Poole greift in die Tasche und zieht den schmalen Band heraus, den er gestern vor dem Feuer bewahrt hat. Er schlägt ihn auf, blättert darin und beginnt, laut zu lesen:

>*Ein Wohlgeruch scheint von ihr auszugehn,*
Von Kleid und Haar; und wo ein schwerer Strähn
Der Locken ward gelöst vom Windeshauch
Des eignen Laufs, tränkt den er auch.
Ein wilder Duft, unfaßbar allen Sinnen,
Die Seele füllt, als würden Perlen rinnen
Feurigen Taus in frosterstarrte Blüte.«

»Was ist das?« fragt Loola.

»Das bist du!« Er beugt sich über sie und drückt einen Kuß in ihr Haar. »»Ein wilder Duft, unfaßbar allen Sinnen‹«, flüstert er, »»die Seele füllt‹. Die Seele«, wiederholt er.

»Was ist das, die Seele?« fragt Loola.

Er zögert. Dann entschließt er sich, die Antwort Shelley zu überlassen, und liest weiter vor:

>*Sieh dort sie stehn, ein sterbliches Gebild,*
Von Leben, Licht und Göttlichkeit erfüllt,
Und was in ihr sich regt, ist wandelbar,
Abbild des leuchtend hellen Immerdar;
Ein Schatten goldnen Traums; ein Glanz, nie blassend,
Die Dritte Sphäre ohne Lenker lassend;
Zärtliche Spiegelung des Monds der Liebe ...«

»Aber ich verstehe kein einziges Wort davon«, beklagt sich Loola.

»Bis heute hatte ich es auch nicht verstanden«, sagt Dr. Poole mit einem Lächeln.

Schnitt zum Äußeren des Allerunheiligsten, zwei Wochen später. Ein paar hundert bärtige Männer und schlampige Frauen stehen in doppelter Reihe Schlange, um in die Kapelle eingelassen zu werden. Die Kamera fährt die lange Reihe der stumpfen und schmutzigen Gesichter entlang und verweilt auf Loola und Dr. Poole, die gerade durch die Schiebetür in die Kapelle treten.

Innen herrschen Düsternis und Stille. Schlurfenden Schritts ziehen die Frauen und Männer, die vor wenigen Tagen noch Nymphen und hüpfende Satyrn waren, am Altar vorbei, über dessen gewaltige Kerze jetzt ein Löschhütchen aus Zinn gestülpt ist. Vor dem leeren Thron des Erzvikars liegt der Haufen abgelegter sechster Gebote. Als sich der Zug langsam vorbeibewegt, händigt der mit der Aufsicht über die öffentliche Moral beauftragte Archimandrit jedem Mann und jeder Frau einen Schurz aus, jeder Frau dazu noch vier runde Flicken.

»Ausgang nur durch die Seitentür«, erklärt er jedem der Empfänger.

Und durch die Seitentür hinaus gehen gehorsam auch Loola und Dr. Poole, als die Reihe an ihnen ist. Draußen in der Sonne ist bereits eine Schar von Postulanten eifrig damit beschäftigt, Schurze an Hosenbünde und Flicken auf Hosenböden und Blusen zu nähen.

Die Kamera verharrt auf Loola. Drei junge Seminaristen in Toggenburg-Soutane nähern sich ihr, als sie ins Freie tritt.

Sie gibt den Schurz dem ersten und je einen Flicken den beiden anderen. Alle drei machen sich gleichzeitig und ungemein schnell an die Arbeit. NEIN, NEIN und NEIN.

»Bitte, drehen Sie sich um!«

Sie gehorcht und überreicht dabei ihre beiden letzten Flicken. Während sich der Schurzspezialist entfernt, um Dr. Poole zu bedienen, hantieren die beiden anderen Postulanten so emsig mit der Nadel, daß Loola in einer halben Minute von hinten nicht weniger abschreckend aussieht wie von vorn.

»So, das wär's.«

Die beiden geistlichen Schneider treten zur Seite und lassen in Großaufnahme ihr Werk erkennen. NEIN NEIN. Schnitt zu den Postulanten, die ihren Gefühlen durch gemeinsames Ausspucken Ausdruck verleihen, worauf sie wieder vor die Kapellentür treten.

»Die nächste Dame, bitte!«

Mit dem Ausdruck tiefster Niedergeschlagenheit treten die beiden unzertrennlichen Mulattenmädchen vor.

Schnitt zu Dr. Poole. Mit Schurz und einem vierzehn Tage alten Bart tritt er auf die wartende Loola zu.

»Hierher bitte!« ruft eine schrille Stimme.

Schweigend nehmen sie ihren Platz am Ende einer anderen Schlange ein. Schicksalsergeben warten zwei- bis dreihundert Personen darauf, daß ihnen der für die öffentlichen Arbeiten zuständige Chefassistent des Großinquisitors ihre Aufgabe zuweist. Dreigehörnt und sehr imposant in der weißen Saanen-Soutane, sitzt der mächtige Mann mit ein paar zweigehörnten Familiaren an einem großen Tisch, auf dem mehrere aus den Büros der Lebensversicherung geborgene stählerne Karteikästen stehen.

In einer zwanzig Sekunden dauernden Montage erleben wir das langsame, stundenlang sich hinziehende Vorrücken Loolas und Dr. Pooles bis zum Zentrum der Macht. Jetzt haben sie das Ziel erreicht. Großaufnahme des Sonderbeauftragten des Großinquisitors, als er Dr. Poole befiehlt, sich in den Ruinen der Universität von Südkalifornien bei dem Leiter der Nahrungsmittelerzeugung zu melden. Dieser Herr werde Sorge tragen, daß dem Botaniker ein Laboratorium zur Verfügung gestellt würde, ferner ein Grundstück für Anbauversuche sowie maximal vier Hilfskräfte für die grobe Arbeit.

»Maximal vier Hilfskräfte«, wiederholt der Prälat. »Obwohl wir sonst –«

Ungefragt mischt sich Loola ein.

»Darf ich bitte eine der vier Hilfskräfte sein?«

Der Sonderbeauftragte des Großinquisitors mustert sie mit einem langen vernichtenden Blick, bevor er sich an seine Familiaren wendet.

»Darf ich erfahren, wer dieses junge Gefäß des Unheiligen Geistes ist?« fragt er.

Einer der Familiaren zieht Loolas Karte aus dem Karteikasten und gibt die gewünschte Auskunft. Achtzehn Jahre alt, bisher unfruchtbar, soll das in Frage stehende Gefäß außerhalb der legalen Zeit mit einem notorisch ›Heißen‹ Umgang gehabt haben, der übrigens später, als er sich seiner Verhaftung widersetzte, liquidiert wurde. Irgendwelche Beweise gegen besagtes Gefäß lägen jedoch nicht vor, und im allgemeinen sei seine

Führung nicht zu beanstanden gewesen. Es sei im vergangenen Jahr bei Friedhofsgrabungen eingesetzt worden und auch im neuen Arbeitsjahr dafür vorgesehen.

»Ich möchte aber bei Alfie arbeiten«, erklärt Loola.

»Sie scheinen zu vergessen«, sagt der erste Familiare, »daß wir in einer Demokratie leben ...«

»In einer Demokratie«, ergänzt sein Kollege, »in der jeder Proletarier absolute Freiheit genießt.«

»*Echte* Freiheit.«

»Nämlich indem er aus freien Stücken den Willen des Proletariats erfüllt.«

»Und *vox proletariatus, vox Diaboli*.«

»Was selbstverständlich heißt: *vox Diaboli, vox Ecclesiae*.«

»Und wir sind die Repräsentanten der Kirche.«

»Also, Sie sehen es selbst.«

»Aber ich habe die Friedhöfe satt«, beharrt die junge Frau auf ihrem Standpunkt. »Zur Abwechslung würde ich gern einmal etwas Lebendiges ausgraben.«

Es folgt ein kurzes Schweigen. Dann beugt sich der Sonderbeauftragte hinab, um einen sehr großen geweihten Ochsenziemer unter seinem Sitz hervorzuholen und vor sich auf den Tisch zu legen.

»Berichtigen Sie mich, wenn ich mich irre«, wendet er sich an seine Untergebenen. »Wenn ich mich nicht sehr täusche, ist ein Gefäß, das proletarische Freiheiten ausschlägt, für jeden solcher Vergehen mit fünfundzwanzig Schlägen zu bestrafen.«

Wieder Schweigen. Bleich, mit aufgerissenen Augen, starrt Loola auf das Folterinstrument, wendet dann den Blick ab und macht eine Anstrengung zu sprechen, doch die Stimme versagt ihr. Unter krampfhaftem Schlucken versucht sie es noch einmal.

»Ich sträube mich ja nicht«, bringt sie schließlich hervor. »Ich will ja wirklich frei sein.«

»Frei, um weiter auf den Friedhöfen zu graben?«

Sie nickt bejahend.

»Nun, das nenne ich ein braves Gefäß!« sagt der Sonderbeauftragte.

Loola richtet den Blick auf Dr. Poole, und ein paar Sekunden lang sehen sie sich stumm in die Augen.

»Auf Wiedersehen, Alfie«, flüstert sie endlich.

»Auf Wiedersehen, Loola.«

Zwei weitere Sekunden vergehen, dann senkt sie die Augen und geht fort.

»Und jetzt«, wendet sich der Sonderbeauftragte wieder an Dr. Poole, »können wir zur Sache kommen. Wie gesagt, unter gewöhnlichen Umständen hätten Sie höchstens mit zwei Hilfskräften rechnen können. Ist das klar?«

Dr. Poole neigt den Kopf.

Schnitt zu einem Labor, in dem sich einst die Studenten im zweiten Studienjahr an der Universität von Südkalifornien mit den Anfangsgründen der Biologie vertraut gemacht haben. Man sieht die üblichen Ausgußbecken und Arbeitstische, Bunsenbrenner und Waagen, Käfige für Mäuse und Meerschweinchen und Glasbehälter für Kaulquappen. Über allem liegt eine dicke Staubschicht. Ein halbes Dutzend Skelette sind über den Raum verstreut, an denen immer noch zerfallene Überreste von Flanellhosen und Pullovern, Nylonstrümpfen, Modeschmuck und Büstenhaltern hängen.

Die Tür geht auf. Es tritt ein Dr. Poole, gefolgt von dem Direktor der Nahrungsmittelproduktion, einem älteren Mann mit grauem Bart, der zu einer groben Wollhose den üblichen Schurz trägt, dazu einen Cutaway, der gewiß einmal dem englischen Butler eines Filmmächtigen aus dem 20. Jahrhundert gehört hat.

»Leider ein bißchen verwahrlost«, entschuldigt sich der Direktor. »Aber ich werde die Gebeine noch heute nachmittag herausschaffen lassen, und morgen können dann die Putzfrauen die Tische abstauben und den Fußboden schrubben.«

»Ausgezeichnet«, sagt Dr. Poole.

Schnitt zu demselben Raum eine Woche später. Die Skelette sind fortgeräumt worden, und dank den Putz-Gefäßen sind Böden, Wände und Möbel beinahe sauber. Dr. Poole hat drei vornehme Besucher. Geschmückt mit vier Hörnern, im braunen anglonubischen Ordensgewand der Gesellschaft Molochs, sitzt der Erzvikar neben dem Chef, der seinerseits in die von Ordenssternen übersäte Uniform eines kürzlich exhumierten Konteradmirals der US-Flotte gekleidet ist. In respektvollem

Abstand hinter und neben den beiden Häuptern von Kirche und Staat sitzt der Leiter der Nahrungsmittelerzeugung, nach wie vor als Butler verkleidet. Ihnen gegenüber hat sich Dr. Poole in der Pose eines französischen Akademikers niedergelassen, der im Begriff steht, einem auserlesenen, privilegierten Publikum seine neueste Arbeit vorzulesen.

»Darf ich beginnen?« fragt er.

Die Häupter von Kirche und Staat tauschen einen Blick aus, wenden sich dann Dr. Poole zu und geben gleichzeitig ihre Zustimmung durch ein Kopfnicken zu erkennen. Dr. Poole schlägt sein Notizbuch auf und rückt seine Brille zurecht.

»Aufzeichnungen über die Bodenerosion und Pflanzenpathologie in Südkalifornien«, beginnt er. »Gefolgt von einem vorläufigen Bericht über die landwirtschaftliche Situation sowie einem Plan zukünftiger Maßnahmen zur Verbesserung und Abhilfe. Von Alfred Poole, D. Sc., außerordentlichem Professor der Botanik an der Universität von Auckland.«

Während er liest, überblenden wir zu einem Berghang in den Ausläufern des San-Gabriel-Gebirges. Nackt bis auf ein paar Kakteen, liegt der steinige Boden tot und rissig unter der strahlenden Sonne. Ein Netz sich verzweigender Wasserrinnen durchfurcht den Hang. Einige dieser Rinnen sind noch nicht so stark erodiert, andere aber haben sich tief in den Boden gegraben. Die Ruine eines stattlichen Hauses, die zur Hälfte schon abgestürzt ist, steht gefährlich nahe am Rand eines dieser seltsam zerfressenen Cañons. Am Fuß des Berges, in der Ebene, ragen abgestorbene Walnußbäume aus dem getrockneten Schlamm auf, in den ein endloser Regen sie eingegraben hat.

Die sonore Stimme Dr. Pooles dröhnt und tönt während der ganzen Einstellung monoton weiter.

»Bei jeder echten Symbiose«, erklärt er, »besteht zwischen den beiden assoziierten Organismen eine für beide vorteilhafte Beziehung. Das Merkmal des Parasitismus dagegen ist, daß der eine Organismus auf Kosten des anderen lebt. Am Ende erweist sich diese einseitige Beziehung für beide Teile als tödlich, denn der Tod der Wirtspflanze kann nur den Tod des Parasiten zur Folge haben, der sie getötet hat. Die Beziehung zwischen dem modernen Menschen und dem Planeten, als dessen Herrn er sich noch bis vor kurzem betrachtet hat, ist nicht die von in Symbiose lebenden Partnern gewesen, sondern die von einem Bandwurm und dem von diesem befallenen Hund oder vom Mehltaupilz und der faulenden Kartoffel.«

Schnitt zum Chef. Im Nest der krausen schwarzen Barthaare ist der rote Mund weit geöffnet zu einem gewaltigen Gähnen. Während dieser Einstellung hört man die Stimme Dr. Pooles, der weiterliest:

»Indem er die unleugbare Tatsache übersah, daß die Plünderung der natürlichen Hilfsmittel und Rohstoffe auf die Dauer zum Ruin der Zivilisation, ja zum Untergang der ganzen Menschheit führen müsse, hat der moderne Mensch, Generation auf Generation, nicht aufgehört, die Erde auszubeuten, und zwar in einem Grade, daß –«

»Könnten Sie sich nicht ein bißchen kürzer fassen?« fragt der Chef.

Dr. Poole setzt eine gekränkte Miene auf. Aber dann bedenkt er, daß er ein auf Bewährung verurteilter Gefangener von Wilden ist, und ringt sich ein nervöses Lächeln ab.

»Dann wäre es vielleicht am besten, ohne weitere Umstände zu dem Abschnitt über die Pflanzenpathologie überzugehen.«

»Mir egal«, sagt der Chef, »wenn Sie nur schnell machen.«

»Die Ungeduld«, flötet der Erzvikar salbungsvoll, »ist eines der Lieblingslaster Belials.«

Dr. Poole hat unterdessen drei bis vier Seiten überschlagen und ist nun bereit, seine Vorlesung fortzusetzen.

»Angesichts der bestehenden Bodenverhältnisse würde der Ertrag pro Morgen außerordentlich niedrig sein, selbst wenn die Hauptnahrungspflanzen völlig gesund wären. Dies aber sind sie nicht. Nach der Besichtigung des Getreides auf dem Halm sowie der Überprüfung der eingelagerten Korn-, Obst- und Knollenvorräte und der Untersuchung botanischer Proben unter einem beinahe unbeschädigt gebliebenen Mikroskop aus der Zeit vor dem bewußten Ereignis habe ich die Überzeugung gewonnen, daß es nur eine Erklärung für Zahl und Variationsbreite der jetzt in unserem Raum grassierenden Pflanzenkrankheiten geben kann, nämlich die vorsätzliche Vergiftung der Saaten durch Fungus-Bomben, durch Bakterien versprühende Aerosolnebel und das Ausschwärmenlassen verschiedener Arten von virustragenden Blattläusen und anderen Insekten. Wie könnte man sich sonst das Überhandnehmen und die extreme Virulenz von *Giberella Saubinetti* und *Puccinia graminis* erklären? Oder von *Phytophthora infestans* und *Synchitrium endobioticum*? Ganz zu schweigen von den durch Viren verursachten Mosaikkrankheiten? Oder dem *Bacillus amylovorus, Bacillus carotovorus, Pseudomonas citri, Pseudomonas tumefaciens, Bacterium* –«

Noch bevor er mit dem Vortrag recht begonnen hat, unterbricht ihn der Erzvikar.

»Und Sie behaupten immer noch«, sagt er, »daß diese Leute nicht von Belial besessen waren!« Er schüttelt den Kopf. »Es ist unfaßbar, wie die Voreingenommenheit selbst den Intelligentesten, den Hochgebildeten blind machen kann ...«

»Aber ja, das wissen wir alles«, sagt der Chef ungeduldig. »Doch nun Schluß mit dem Gequackel. Kommen wir zur Sache! Was können Sie in dieser Lage tun?«

Dr. Poole räuspert sich.

»Die Lösung dieser Aufgabe«, erklärt er nicht ohne Pathos, »wird ein langwieriger und nur mühsam zu bewältigender Prozeß sein.«

»Aber ich brauche schon jetzt mehr Nahrungsmittel«, erwidert der Chef in herrischem Ton. »Ich brauche sie noch in diesem Jahr!«

Ein wenig ängstlich muß Dr. Poole ihm gestehen, daß man wenigstens zehn bis zwölf Jahre brauche, um gegen Krankheiten widerstandsfähige Pflanzen zu züchten und zu testen. Und dann wäre da noch die Bodenfrage. Die Erosion zerstöre den Boden, sie müsse um jeden Preis aufgehalten werden. Aber die Mühen des Terrassierens, Drainierens und Düngens seien gewaltig und müßten unablässig, Jahr um Jahr, fortgeführt werden. Sogar schon früher, als es an Arbeitskräften und einem Maschinenpark nicht fehlte, habe man versäumt, alles Notwendige zu tun, um die Fruchtbarkeit des Bodens zu erhalten.

»Aber nicht etwa, weil sie es nicht gekonnt hätten«, wirft der Erzvikar ein, »sondern weil sie nicht wollten. Zwischen dem Zweiten und Dritten Weltkrieg verfügten sie über genügend Zeit und über die nötige Apparatur. Aber sie amüsierten sich lieber mit ihrer Machtpolitik. Und was waren die Folgen?« Er zählt die verschiedenen Antworten an seinen dicken Fingern auf: »Zunehmende Unterernährung bei immer mehr Menschen. Zunahme der politischen Unruhe, die zu einem immer aggressiveren Nationalismus und Imperialismus führte. Und am Ende das bewußte Ereignis. Und warum entschieden sie sich für ihre Selbstvernichtung? Weil es Belial so wollte, weil Er die Macht bereits ergriffen hatte.«

Der Chef hebt die Hand.

»Ich bitte Sie! Wir sind hier nicht in einem Kurs über Apologetik oder Satanismus. Wir versuchen, etwas zu *tun*.«

»Und leider wird das Tun viel Zeit in Anspruch nehmen«, sagt Dr. Poole.

»Wieviel Zeit?«

»In fünf Jahren werden Sie vielleicht feststellen können, daß die Erosion nicht weiter fortgeschritten ist. In zehn Jahren wird mit einer wahrnehmbaren Verbesserung zu rechnen sein. In zwanzig Jahren können wenigstens Teile Ihres Landes bis zu siebzig Prozent der ursprünglichen Ertragsfähigkeit zurückgewonnen haben. In fünfzig Jahren –«

»In fünfzig Jahren«, wirft der Erzvikar ein, »wird die Mißgeburtenrate doppelt so hoch sein wie heute. Und in hundert Jahren wird der Triumph Belials vollständig sein. Aber wirklich vollständig!« wiederholt er mit einem kindlichen Kichern. Er macht das Zeichen der Hörner und steht von seinem Stuhl auf. »Aber inzwischen bin ich unbedingt dafür, daß dieser Herr alles unternimmt, was ihm nur möglich ist.«

Überblenden zum Friedhof von Hollywood. Fahraufnahme von den Grabstätten, mit denen wir bereits bei einem früheren Besuch vertraut gemacht wurden.

Nahaufnahme von der Statue Hedda Boddys. Die Kamera senkt sich von der Figur zum Sockel mit der Inschrift:

»... bekannt unter dem Kosenamen *Publikumsliebling Nummer eins* aus ›Befestige deinen Wagen an einem Stern‹.«

Während der Einstellung hören wir das Geräusch eines Spatens, der in den Boden gestoßen wird, darauf das Rutschen von Sand und Kies, als die Erde aufgeworfen wird.

Die Kamera fährt zurück, und wir erkennen Loola, wie sie in einem metertiefen Loch steht und müde und gelangweilt schaufelt.

Sie hört ein Geräusch von Schritten und blickt auf. Flossie, das rundliche junge Mädchen, das wir bereits kennen, kommt ins Bild.

»Kommst du gut voran?« fragt sie.

Loola nickt nur stumm und wischt sich mit dem Handrücken über die Stirn.

»Wenn du auf den Plunder stößt, sag uns gleich Bescheid.«

»Das dauert mindestens noch eine Stunde«, meint Loola verdrießlich.

»Na, dann mach schön weiter, Kind«, sagt Flossie in aufreizendem Ton, als hielte sie eine Moralpredigt. »Leg dich tüchtig ins Zeug und zeig denen, daß ein Gefäß es genauso gut schafft wie ein Mann. Wenn du gut arbeitest«, fährt sie aufmunternd fort, »läßt dir der Inspektor vielleicht die Nylonstrümpfe. Schau mal, die habe ich heute früh bekommen!«

Sie zieht die begehrte Beute aus ihrer Tasche. Abgesehen von einer grünlichen Verfärbung an den Fußspitzen sind die Strümpfe noch in tadellosem Zustand.

»Oh!« sagt Loola voll neidischer Bewunderung.

»Aber mit Schmuck haben wir überhaupt kein Glück gehabt«, berichtet Flossie, während sie die Strümpfe wieder in ihre Tasche steckt. »Gerade den Trauring und so ein billiges kleines Armband. Hoffen wir, daß uns die hier nicht enttäuscht!«

Sie tätschelt dem Publikumsliebling Nummer eins den Marmorbauch.

»Jetzt muß ich aber wieder zurück«, sagt sie. »Wir graben nach dem Gefäß, das unter dem roten Steinkreuz liegt – du weißt schon, das große am Nordtor.«

Loola nickt.

»Sowie ich einen Fund mache, komme ich zu euch«, sagt sie.

Die Melodie von den »Wunderbaren Hörnern« vor sich hin

pfeifend, verschwindet Flossie aus dem Bild. Mit einem Seufzer nimmt Loola ihre Arbeit wieder auf.

Da hört sie ganz leise ihren Namen rufen.

Sie schrickt zusammen und blickt in die Richtung, aus der die Stimme kam.

Halbtotale von ihrem Blickpunkt aus. Dr. Poole kommt vorsichtig hinter dem Grabmal Rudolph Valentinos hervor und tritt auf die junge Frau zu.

Schnitt zurück zu Loola.

Erst errötet sie, dann überzieht tödliche Blässe ihr Gesicht. Sie greift sich ans Herz.

»Alfie«, flüstert sie.

Er kommt ins Bild. Mit einem Sprung ist er bei ihr im Grab und nimmt sie wortlos in seine Arme. Sie küssen sich leidenschaftlich. Dann verbirgt sie ihr Gesicht an seiner Schulter.

»Ich dachte schon, ich würde dich nie wiedersehen«, sagt sie mit versagender Stimme.

»Wofür hast du mich gehalten?«

Er küßt sie wieder, dann hält er sie auf Armeslänge von sich.

»Warum weinst du?«

»Ich weiß nicht, ich muß einfach weinen.«

»Du bist noch entzückender, als ich dich in Erinnerung hatte.«

Unfähig zu sprechen, schüttelt sie nur den Kopf.

»Lächle!« gebietet er ihr.

»Ich kann nicht.«

»Bitte, lächle! Ich möchte sie wiedersehen.«

»Wen möchtest du wiedersehen?«

»Lächle!«

Nicht ohne Anstrengung, aber voll leidenschaftlicher Zärtlichkeit lächelt sie ihn an.

Auf ihren Wangen tauchen wieder die beiden Grübchen aus dem langen Winterschlaf ihres Grams auf.

»Da sind sie, da sind sie wieder!« ruft er entzückt.

So zart, wie ein Blinder ein Gedicht von Herrick in der Blindenschrift liest, fährt er mit dem Finger über ihre Wange. Jetzt fällt Loola das Lächeln schon leichter, und das Grübchen vertieft sich unter der Berührung. Er lacht vor Vergnügen.

Im selben Augenblick schwillt die gepfiffene Melodie zu den »Wunderbaren Hörnern« von einem fernen Pianissimo über ein Piano zum Mezzoforte an.

Angst und Entsetzen malen sich auf Loolas Gesicht.

»Rasch, rasch!« flüstert sie.

Mit erstaunlicher Behendigkeit klettert Dr. Poole aus dem Grab.

In dem Moment, in dem das rundliche junge Mädchen wieder ins Bild kommt, lehnt Dr. Poole in bemüht ungezwungener Haltung an dem Grabmal für den Publikumsliebling Nummer eins. Unter ihm, in der Grube, gräbt Loola wie eine Verrückte.

»Ich habe ganz vergessen, dir zu sagen, daß wir in einer halben Stunde Mittagspause machen«, beginnt Flossie.

Aber dann bemerkt sie Dr. Poole und vor Überraschung einen kleinen Schrei aus.

»Guten Morgen«, grüßt Dr. Poole höflich.

Es folgt ein Schweigen. Flossie sieht von Dr. Poole zu Loola, und von Loola wieder zu Dr. Poole.

»Was tun *Sie* denn hier?« fragt sie mißtrauisch.

»Ich bin unterwegs nach St. Asasel«, antwortet er. »Der Erzvikar ließ mir mitteilen, er hätte mich gern bei seinen drei Vorträgen vor den Seminaristen dabei. Belial in der Geschichte – das ist das Thema.«

»Da haben Sie sich aber einen sehr merkwürdigen Weg ausgesucht, um nach St. Asasel zu kommen.«

»Ich habe den Chef gesucht«, erklärt Dr. Poole.

»Nun, der ist nicht hier«, sagt Flossie.

Wieder tritt Schweigen ein.

»Dann ist es wohl am besten, ich mache mich wieder auf den Weg«, sagt Dr. Poole. »Ich darf doch die jungen Damen nicht länger von ihren Pflichten abhalten«, fügt er mit gekünstelter, aber keineswegs überzeugender Munterkeit hinzu. »Also dann auf Wiedersehen!«

Er verbeugt sich und geht scheinbar unbefangen weiter.

Flossie sieht ihm schweigend nach. Dann mustert sie Loola mit strengem Blick.

»Nun hör mir mal zu, Kind«, beginnt sie.

Loola hört auf zu schaufeln und sieht aus dem Grab auf.

»Was ist los, Flossie?« fragt sie mit unschuldig-verständnislosem Ausdruck.

»Was los ist?« wiederholt Flossie ironisch. »Sag mir doch mal, was auf deinem Schurz steht?«

Loola blickt auf ihren Schurz, dann zu Flossie hinauf. Verlegen errötet sie.

»Was steht da geschrieben?« fragt Flossie beharrlich.

»›Nein!‹«

»Und was steht auf den Flicken da?«

»›Nein.‹« wiederholt Loola.

»Und auf den anderen, wenn du dich umdrehst?«

»›Nein!‹«

»Nein, nein, nein, nein, nein«, wiederholt Flossie mit Nachdruck. »Und wenn das Gesetz nein sagt, meint es auch nein. Das weißt du genauso gut wie ich.«

Loola nickt schweigend.

»Sage laut, daß du es weißt«, fordert Flossie. »Los, sag es!« »Ja, ich weiß es«, bringt Loola schließlich mit kaum hörbarer Stimme hervor.

»Gut. Dann behaupte nicht, du wärest nicht gewarnt worden. Und wenn dieser heiße Ausländer noch einmal kommt und um dich herumschleicht, brauchst du es nur mir zu sagen. Dann werde *ich* mich um ihn kümmern!«

Schnitt zum Innern von St. Asasel. Diese einst »Unserer Lieben Frau von Guadalupe« geweihte Kirche hat als die Kirche von St. Asasel nur ganz geringfügige Änderungen erfahren. In den Seitenkapellen sind die Gipsstatuen des hl. Joseph, der Magdalena, des hl. Antonius von Padua und der hl. Rosa von Lima lediglich rot übermalt und mit Hörnern geschmückt worden. Am Hochaltar wurde nichts verändert, außer daß das Kruzifix durch ein Paar gewaltiger, aus Zedernholz geschnitzter Hörner ersetzt wurde. Sie sind behangen mit einer Fülle von Ringen, Armbanduhren, Ketten, Ohrringen und Halsbändern, die man auf den Friedhöfen ausgegraben oder an alten Gebeinen und in den vermodernden Überresten von Schmuckkästchen gefunden hat.

Im Mittelschiff sitzen, die Köpfe gesenkt, rund fünfzig Seminaristen in Toggenburg-Soutanen – in der Mitte der vordersten Reihe Dr. Poole, unpassenderweise mit Bart und im Tweedanzug –, während der Erzvikar von der Kanzel herab gerade die letzten Worte seines Vortrags spricht.

»Denn so wie jeder nach der Ordnung der Dinge hätte leben können, wenn dies nur sein Wunsch gewesen wäre, so ist nun jeder in Belial gestorben, oder er wird unvermeidlich in Belial sterben müssen. Amen.«

Es folgt ein langes Schweigen. Dann erhebt sich der Novizenmeister, und unter mächtigem Pelzgeraschel folgen die Seminaristen seinem Beispiel und schicken sich an, paarweise, mit vollendetem Anstand, dem Westtor zuzustreben.

Dr. Poole ist im Begriff, ihnen zu folgen, als er von einer hohen kindlichen Stimme seinen Namen rufen hört.

Als er sich umwendet, sieht er, daß der Erzvikar von den Stufen zur Kanzel aus ihn zu sich heranwinkt.

»Sagen Sie, wie hat Ihnen der Vortrag gefallen?« fragt der große Mann mit Fistelstimme, als Dr. Poole näher kommt.

»Sehr gut.«

»Ohne Schmeichelei?«

»Ganz ehrlich.«

Der Erzvikar lächelt befriedigt.

»Es freut mich, das zu hören.«

»Besonders gut gefiel mir das, was Sie über die Religion im neunzehnten und zwanzigsten Jahrhundert sagten – über den Rückzug von Jeremia zum Buch der Richter, vom Persönlichen und deshalb auch Universalen zum Nationalen und damit auch zum gegenseitigen Vernichtungskrieg.«

Der Erzvikar nickt.

»Ja, es stand auf des Messers Schneide«, sagt er. »Wäre die Menschheit beim Persönlichen und damit Universalen geblieben, dann hätte sie im Einklang mit der Ordnung der Dinge gestanden, und der Herr der Fliegen hätte die Schlacht verloren. Aber glücklicherweise hatte Belial viele Verbündete: die Nationen, die Kirchen und die politischen Parteien. Er wußte ihre Vorurteile zu nutzen, so wie er auch ihre Ideologien nutzte. Als die Menschen die Atombombe entwickelt hatten,

134

da hatte er sie wieder in einer geistigen Verfassung wie etwa um neunhundert vor Christi Geburt.«

»Und dann«, sagt Dr. Poole, »gefiel mir auch, was Sie über die Beziehungen zwischen Ost und West sagten: wie Er jede Seite dazu überredete, nur das Schlimmste von dem, was die andere Seite zu bieten hatte, zu übernehmen. So übernimmt der Osten den westlichen Nationalismus, die westliche Rüstung, den westlichen Film und den westlichen Marxismus. Der Westen dagegen übernimmt den Despotismus des Ostens, seinen Aberglauben und seine Gleichgültigkeit gegenüber dem Leben des einzelnen. Mit einem Wort, Er sorgte dafür, daß die Menschheit aus beiden Welten das Schlechteste machte.«

»Stellen Sie sich vor, sie hätten daraus das Beste gemacht!« ziept der Erzvikar. »Der östliche Mystizismus, der dafür sorgt, daß die westliche Wissenschaft nicht mißbraucht wird; die östliche Lebenskunst, die die Energie des Westens läutert; und der Individualismus des Westens, der den Totalitarismus des Ostens mildert.« In frommem Entsetzen schüttelt er den Kopf. »Aber das wäre ja das Himmelreich auf Erden gewesen! Glücklicherweise war die Gnade Belials mächtiger als die des Anderen.«

Ein schrilles Kichern; dann legt er die Hand auf Dr. Pooles Schulter und geht mit ihm zur Sakristei.

»Wissen Sie, Poole«, sagt er, »daß Sie mir inzwischen recht sympathisch geworden sind?«

Verlegen murmelt Dr. Poole ein Wort der Dankbarkeit.

»Sie sind intelligent, Sie sind gebildet, Sie wissen alle möglichen Dinge, die wir nie gelernt haben. Sie könnten mir von großem Nutzen sein, und ich könnte Ihnen von großem Nutzen sein, das heißt«, fügt er hinzu, »wenn Sie einer der unseren werden wollten.«

»Einer der Ihren?« fragt Dr. Poole unsicher.

»Ja, einer von *uns*.«

In einer ausdrucksvollen Großaufnahme sieht man, wie in der Miene Dr. Pooles das Verständnis aufdämmert. Ein erschrockenes »Oh!« entfährt ihm.

»Ich will Ihnen nicht verheimlichen«, sagt der Erzvikar, »daß der damit verbundene chirurgische Eingriff nicht ganz schmerzlos und auch nicht völlig gefahrlos ist. Aber die Vorteile, die Ihnen der Eintritt in die Priesterschaft brächte, sind so groß, daß sie ein unbedeutendes Risiko oder eine geringfügige körperliche Beschwerde aufwiegen. Außerdem dürfen wir nicht vergessen –«

»Aber Eminenz ...« protestiert Dr. Poole.

Der Erzvikar hebt die Hand, eine feiste, feuchte Hand.

»Einen Augenblick, bitte!« sagt er streng.

Sein Gesicht nimmt einen so ungnädigen Ausdruck an, daß sich Dr. Poole schleunigst entschuldigt.

»Ich bitte um Verzeihung.«

»Aber bitte, mein lieber Poole!«

Der Erzvikar ist wieder die Liebenswürdigkeit und gönnerhafte Herablassung in Person.

»Wie gesagt«, fährt er fort, »wir dürfen nicht vergessen: Sollten Sie sich zu einer, wenn ich es einmal so nennen darf, physischen Konversion entschließen, so wären Sie von allen Versuchungen befreit, denen Sie als normaler Mann fraglos ausgesetzt blieben.«

»Ich verstehe«, pflichtet Dr. Poole ihm bei. »Andererseits kann ich Ihnen versichern –«

»Wo Versuchungen im Spiele sind«, entgegnet der Erzvikar sentenziös, »kann niemand irgendwelche Zusicherungen geben.«

Dr. Poole denkt an die Begegnung mit Loola auf dem Friedhof und spürt, wie er errötet.

»Ist das nicht eine zu stark verallgemeinernde Behauptung?« wendet er ohne rechte Überzeugung ein.

Der Erzvikar schüttelt den Kopf.

»In diesen Dingen kann man gar nicht stark genug verallgemeinern. Und erlauben Sie mir, Ihnen in Erinnerung zu rufen, was denen, die der Versuchung erliegen, geschieht. Der Ochsenziemer und das Beerdigungskommando sind immer in Bereitschaft. Und darum rate ich Ihnen in Ihrem eigenen Interesse, um Ihres zukünftigen Glücks und Seelenfriedens willen – nein, ich bitte und beschwöre Sie inständig, in unseren Orden einzutreten.«

Schweigen. Dr. Poole schluckt krampfhaft.

»Ich würde gern darüber nachdenken«, sagt er schließlich.

»Aber selbstverständlich«, stimmt ihm der Erzvikar zu. »Lassen Sie sich Zeit! Lassen Sie sich eine Woche Zeit!«

»Eine Woche? Ich glaube nicht, daß ich mich in einer Woche entscheiden kann.«

»Überlegen Sie es sich zwei Wochen«, sagt der Erzvikar, und als Dr. Poole noch immer den Kopf schüttelt, fügt er hinzu: »Dann vier oder sechs, wenn Sie wollen. Ich habe es nicht eilig. Es geht mir nur um Sie.« Er schlägt Dr. Poole auf die Schulter. »Ja, lieber Freund, um *Sie*.«

Schnitt zu Dr. Poole bei der Arbeit in seinem Versuchsgarten, wie er Tomatensämlinge aussetzt. Ungefähr sechs Wochen sind vergangen. Sein brauner Bart ist beträchtlich gewachsen. Sein Tweedjackett und seine Flanellhosen sind beträchtlich schmutziger als zu dem Zeitpunkt, wo wir ihn das letzte Mal sahen. Er trägt ein graues Wollhemd und Mokassins, wie sie hier gefertigt werden.

Als der letzte Sämling im Boden ist, richtet Dr. Poole sich auf, reckt und streckt sich und reibt sich den schmerzenden Rücken. Dann geht er langsam bis ans Ende des Gartens, bleibt dort bewegungslos stehen und nimmt die Aussicht in sich auf.

In einer Totale sehen wir, gleichsam mit seinen Augen, einen weiten Komplex verlassener Fabriken und verfallener Häuser vor dem Hintergrund einer fernen Bergkette, die, Kuppe um Kuppe, nach Osten zurückweicht. Die Schatten sind wie Abgründe von Indigoblau, und in dem sattgoldenen Licht treten die fernen Einzelheiten ganz deutlich, klein und genau hervor so wie das Bild in einem Konvexspiegel. Aber im Vordergrund, den das fast horizontal einfallende Licht aufs feinste ziseliert und getüpfelt erscheinen läßt, enthüllen noch die kahlsten Stellen ausgedörrter Erde einen unerwarteten Reichtum der Struktur.

Sprecher

Es gibt Zeiten, und hier ist eine solche, zu denen die Welt wie von einer absichtsvollen Schönheit ist, so als wenn ein Bewußtsein der Dinge plötzlich beschlossen hätte, allen Menschen, die sehen wollen, die übernatürliche Wirklichkeit hinter der Erscheinung zu offenbaren.

Dr. Pooles Lippen bewegen sich, und wir fangen seine geflüsterten Worte auf:

> *»Denn Liebe, Schönheit und Entzücken,*
> *Sie kennen Tod und Wandel nicht.*
> *Zu stark für uns ist ihr Beglücken;*
> *Es ahnen unsere Sinne nur,*
> *Wie mächtig sie, denn selbst obskur,*
> *Ertragen sie kein solches Licht.«*

Er wendet sich um und geht zurück bis zum Gartentor. Bevor er es öffnet, blickt er sich vorsichtig um. Aber nirgends ist eine Spur von einem ihm nicht wohlgesinnten Beobachter. Beruhigt schlüpft er hinaus und biegt sogleich in einen sich zwischen Sanddünen hindurchwindenden Pfad ein. Wieder sieht man die Bewegung seiner Lippen:

> *»Ich bin die Erde, deine Mutter, sie,*
> *Durch deren Steingeäder bis zum Wipfel*
> *Des höchsten Baums, wo zartes Laub im Hauch*
> *Des Frosts erbebte, Wonne lief, wie Blut*
> *Lebendigen Leib durchpulst, als du dich hobst,*
> *Gleich einer Wolke voller Herrlichkeit,*
> *Von ihrer Brust, ein Geist der reinsten Freude.«*

Von dem schmalen Weg aus ist Dr. Poole auf eine Straße gelangt, die von kleinen Häusern gesäumt ist. Jedes dieser Häuser hat seine Garage und ist von einem kahlen Grundstück umgeben, auf dem einst Gras und Blumen wuchsen.

»*Ein Geist der reinsten Freude*««, wiederholt er seufzend und schüttelt den Kopf.

Sprecher

Freude? Aber die Freude war schon längst gemordet worden. Was bleibt, ist das Gelächter der Dämonen um den Schandpfahl und das Geheul der Besessenen, wenn sie sich in der Finsternis paaren. Freude gibt es nur für die, deren Leben im Einklang mit der gegebenen Ordnung der Dinge steht. Für euch dagegen, die ihr so klug seid, zu glauben, ihr könntet diese Ordnung verbessern, für euch Zornige, Aufrührer und Gehorsamsverweigerer wird die Freude schnell zu einer Fremden werden. Aber die, welche dazu verdammt sind, die Früchte eurer närrischen Illusionen zu ernten, werden nicht einmal ahnen, was Freude war. Liebe, Freude und Frieden – das sind die Früchte des Geistes, der euer Wesen und das Wesen der Welt ist. Aber die Früchte des Affengeistes, die Früchte äffischer Anmaßung und Revolte sind der Haß und die nicht endende Ruhelosigkeit, sind das chronische Elend, das allein gemildert wird durch Rasereien, die noch grauenhafter sind.

Dr. Poole setzt inzwischen seinen Weg fort.
> *»Die Welt ist voller Holzfäller«*, sagt er vor sich hin.
> *»Die Welt ist voller Holzfäller, die*
> *Der Liebe freundliche Dryaden*
> *Von den Bäumen des Lebens vertreiben,*
> *Und aus jedem Tal die Nachtigallen verscheuchen.«*

Sprecher

Holzfäller mit Äxten, Dryadenmörder mit Messern und Nachtigallenjäger mit Skalpellen und Operationsbestecken.

Dr. Poole spürt einen Schauder, und als fühlte er sich verfolgt von einem bösen Geist, schreitet er schneller aus. Plötzlich bleibt er stehen und blickt wieder um sich.

Sprecher

In einer Stadt mit zweieinhalb Millionen Skeletten nimmt man die Anwesenheit von ein paar tausend Lebenden kaum wahr. Nichts rührt sich. Die Stille ist vollkommen, und inmitten all dieser kleinen Ruinen anheimelnd bürgerlicher Häuslichkeit scheint sie sich gleichsam ihrer selbst bewußt und in gewisser Weise Teil einer Verschwörung zu sein.

Hoffnung und Furcht vor Enttäuschung beschleunigen Dr. Pooles Puls. Er verläßt die Straße und biegt eilig in eine Auffahrt ein, die zu der Garage Nr. 1993 führt. Die Doppeltür hängt schief in den Angeln und steht halb offen. Er schlüpft durch sie in den dämmerigen, moderig riechenden Raum. Durch ein Loch in der Westmauer dringt ein bleistiftdünner Strahl der späten Nachmittagssonne, der das linke Vorderrad einer viertürigen Super de Luxe-Chevrolet-Limousine erkennen läßt. Daneben, auf dem Boden, zwei Schädel, der eine von einem Erwachsenen, der andere offensichtlich der eines Kindes. Dr. Poole öffnet die einzige der vier Türen, die nicht sperrt, und späht in das Dunkel.

»Loola!«

Er klettert in den Wagen und setzt sich zu ihr auf das ramponierte Polster des Rücksitzes. Er ergreift ihre Hand mit beiden Händen.

»Liebste Loola!«

Wortlos sieht sie ihn an. Aus ihren Augen aber spricht etwas wie Angst.

»Du hast es also geschafft, von ihnen loszukommen!«

»Aber Flossie hat irgendeinen Verdacht.«

»Zum Teufel mit Flossie!« sagt Dr. Poole, bemüht, es unbekümmert und beruhigend klingen zu lassen.

»Sie hat mir ständig Fragen gestellt«, fährt Loola fort. »Ich habe ihr gesagt, daß ich auf die Suche nach Nähnadeln und Eßbestecken gehe.«

»Aber gefunden hast du nur mich.«

Er lächelt sie zärtlich an und führt ihre Hand an seine Lippen. Doch Loola schüttelt den Kopf.

»Alfie, bitte nicht!«

Es klingt wie ein Flehen, und er läßt ihre Hand sinken, ohne sie zu küssen.

»Aber du liebst mich doch, nicht wahr?«

Sie sieht ihn aus großen Augen an, in denen Angst und Verwirrung stehen. Dann senkt sie den Blick.

»Ich weiß nicht, Alfie. Ich weiß es nicht.«

»Aber *ich* weiß etwas«, sagt Dr. Poole entschieden. »Ich weiß, daß ich dich liebe. Ich weiß, daß ich mit dir zusammensein will. Immer. Bis daß der Tod uns scheidet«, fügt er mit der ganzen Inbrunst eines introvertierten Sexbesessenen hinzu, der sich plötzlich zu Objektivität und Monogamie bekehrt hat.

Loola schüttelt den Kopf.

»Ich weiß nur, daß ich nicht hier sein dürfte.«

»Aber das ist doch Unsinn!«

»Nein, das ist es nicht. Ich dürfte jetzt nicht hier sein, und ich hätte auch die anderen Male nicht kommen dürfen. Es verstößt gegen das Gesetz. Es ist gegen die allgemeine Anschauung der Menschen. Es ist gegen Ihn«, fügt sie nach einem kurzen Zögern hinzu. Auf ihrem Gesicht erscheint ein Ausdruck von herzzerreißendem Schmerz. »Aber warum hat Er mich dann so geschaffen, daß ich dir solche Gefühle entgegenbringen konnte? Warum hat Er mich so geschaffen wie diese – diese –?« Sie kann sich nicht dazu überwinden, das verabscheute Wort auszusprechen. »Ich habe einen von ihnen gekannt«, fährt sie leise fort. »Er war lieb – fast so lieb wie du. Und dann haben sie ihn getötet.«

»Welchen Sinn hat es, an andere zu denken?« sagt Dr. Poole. »Wir wollen jetzt lieber an uns denken. Denken wir daran, wie glücklich wir sein könnten, ja wie glücklich wie vor zwei Monaten waren. Erinnerst du dich nicht? Der Mondschein … Und wie dunkel der Schatten war! ›Ein wilder Duft, unfaßbar allen Sinnen, die Seele füllt …‹«

»Aber damals haben wir nichts Unrechtes getan.«

»Auch jetzt tun wir nichts Unrechtes.«

»Aber jetzt ist es ganz anders.«

»Es ist nicht anders«, beharrt er. »Meine Gefühle sind heute die gleichen wie damals. Und deine auch.«

»Nein«, widerspricht sie – zu laut, um ihn überzeugen zu können.

»Doch!«

»Nein!«

»Doch. Du hast es doch eben gesagt. Du bist nicht wie diese anderen – Gott sei Dank!«

»Alfie!«

Sie macht, um Belial zu versöhnen, das Zeichen der Hörner.

»Die anderen sind in Tiere verwandelt worden«, fährt er fort. »Du nicht. Du bist ein Mensch geblieben – ein normales menschliches Wesen mit normalen menschlichen Empfindungen.«

»Das bin ich nicht.«

»Doch, das bist du.«

»Es stimmt nicht«, wimmert sie. »Es ist nicht wahr.«

Sie bedeckt ihr Gesicht mit den Händen und beginnt zu weinen.

»Er wird mich töten«, schluchzt sie.

»Wer wird dich töten?«

Loola hebt den Kopf und blickt über die Schulter durch die Heckscheibe.

»*Er.* Er weiß alles, was wir tun, was wir denken oder fühlen.«

»Vielleicht«, sagt Dr. Poole, dessen liberal-protestantische Ansichten über den Teufel sich in den letzten Wochen beträchtlich gewandelt haben. »Aber wenn wir das Rechte fühlen, denken und tun, kann Er uns nichts anhaben.«

»Aber was ist das Rechte?« fragt sie.

Einen Augenblick lächelt er sie nur wortlos an.

»Hier und jetzt«, sagt er schließlich, »ist *das* das Rechte.«

Er legt den Arm um ihre Schulter und zieht sie an sich.

»Nein, Alfie, nicht!«

Von panischem Schrecken gepackt, versucht sie sich von ihm freizumachen, aber er hält sie fest.

»Das ist das Rechte«, wiederholt er. »Es ist vielleicht nicht immer und überall das Rechte. Aber hier und jetzt – entschieden ja.«

Er spricht mit der Kraft und der Autorität völliger Überzeugung. Noch nie zuvor in seinem unentschlossenen und gespaltenen Leben hat er so klar gedacht oder so entschieden gehandelt.

Loola gibt plötzlich ihren Widerstand auf.

»Alfie, meinst du wirklich, daß es das Rechte ist, ganz bestimmt?«

»Absolut«, erwidert er aus der Tiefe seiner neuen Erfahrung von Selbstbestätigung. Sehr zart streicht er über ihr Haar.

»»Ein sterbliches Gebild‹«, flüstert er, »»von Leben, Licht und Göttlichkeit erfüllt. Gleichnis für Frühling, Jugend und Morgen, eine Vision des Aprils in Menschengestalt.‹«

»Weiter«, flüstert sie.

Sie hat die Augen geschlossen, und auf ihrem Gesicht malt sich die übernatürliche Ruhe heiterer Gelassenheit, wie man sie auf den Gesichtern der Toten sieht.

Dr. Poole beginnt von neuem:

»Aus unserer Gedanken Melodie,
Wenn sie zu süß für Silben wird und sie
In Worten stirbt, in Blicken neu zu leben,
Die zaubrisch tönend uns das Herz durchschweben,
Soll eine stumme Harmonie entstehen.
In einem Hauch soll unser Atem wehen,
In unsern Adern ein Puls schlagen und,
Beredter als mit Worten, unser Mund
Die Seele überglühn, bis sich die Quellen,
Die unseres Wesens innerlichsten Zellen
Entschäumen, ganz vermischen in der Reinheit
Der Leidenschaft zu untrennbarer Einheit.
Bergwassern eines Tals im Morgenlicht
Gleichen wir dann; ein einziger Geist verflicht
Uns in zwei Leibern. Ach, warum in zwei'n?«

Sie schweigen lange. Aber plötzlich schlägt Loola die Augen auf und sieht ihn ein paar Sekunden mit angespannter Aufmerksamkeit an. Dann wirft sie die Arme um seinen Hals und küßt ihn leidenschaftlich auf den Mund. Aber als er sie fester an sich zieht, reißt sie sich los und rückt auf ihren Platz am anderen Ende des Rücksitzes.

Er versucht, sich ihr zu nähern, aber sie hält ihn auf Armeslänge von sich.

»Es kann nicht recht sein«, sagt sie.

»Aber es *ist* recht.«

Sie schüttelt den Kopf.

»Es ist zu schön, um das Rechte zu sein, ich wäre zu glücklich. Und Er will nicht, daß wir glücklich sind.« Ein Weilchen schweigen beide. Dann fragt sie ihn: »Warum sagst du, daß Er uns nichts anhaben kann?«

»Weil es etwas gibt, das stärker ist als Er.«

»Etwas, was stärker ist?« Sie verneint mit einem Kopfschütteln. »Dagegen hat Er stets gekämpft – und Er hat gesiegt.«

»Nur weil Ihm die Menschen halfen zu siegen. Aber sie müssen Ihm nicht helfen. Und vergiß das eine nicht: Er kann nicht endgültig siegen.«

»Warum nicht?«

»Weil Er nicht der Versuchung widerstehen kann, das Böse bis zum äußersten zu treiben. Und immer wenn das Böse auf die Spitze getrieben wird, zerstört es sich selbst. Worauf die alte Ordnung der Dinge wieder in Erscheinung tritt.«

»Aber das liegt in ferner Zukunft.«

»Für die Welt im ganzen ja. Aber nicht für einzelne Menschen, wie zum Beispiel für dich und mich. Was auch Belial mit der übrigen Welt getan hat, du und ich, wir können immer mit der sittlichen Weltordnung arbeiten und nicht gegen sie.«

Nach einer Weile sagt Loola schließlich: »Ich glaube nicht, daß ich verstehe, was du sagen willst, aber es macht nichts.« Sie rückt wieder an ihn heran und lehnt ihren Kopf an seine Schulter. »Nichts macht mir etwas aus«, sagt sie. »Er kann mich töten, wenn Er es will. Es macht mir nichts aus. Jetzt nicht mehr.«

Sie hebt das Gesicht dem seinen entgegen, und als er sich über sie neigt, um sie zu küssen, verschwindet das Bild auf der Leinwand in der Dunkelheit einer mondlosen Nacht.

Sprecher

L'ombre était nuptiale, auguste et solennelle. Aber diesmal wird die »Feierlichkeit der hochzeitlichen Dunkelheit« nicht gestört durch Katzengeschrei, durch den »Liebestod« oder durch ein Saxophon, das um Befriedigung fleht. Die Musik, von der diese

Nacht erfüllt ist, ist voller Klarheit, aber sie schildert nichts; sie ist genau und entschieden, aber handelt von einer Wirklichkeit, die keinen Namen hat; ein Fließen allumfassend, doch nie schleimig und ohne die leiseste Neigung, an dem, was sie berührt und umfaßt, festzukleben (wie Blut oder Sperma, Sirup oder Kot). Eine Musik im Geiste Mozarts, von zarter Heiterkeit, aber in der beständigen Nähe des Tragischen; eine Musik ähnlich wie von Weber, aristokratisch und raffiniert, aber zugleich fähig zu ganz unbekümmerter Freude – und doch auch zu dem vollständigen Begreifen von der Todesqual der Welt. Und ist da vielleicht schon eine Andeutung von dem, was im *Ave Verum Corpus* und im g-Moll-Quintett jenseits der Welt des *Don Giovanni* liegt? Ist da schon eine Andeutung von dem, was (manchmal bei Bach und bei Beethoven, in dieser letzten Heilheit der Kunst, die der Heiligkeit entspricht) die romantische Integration des Tragischen und des Heiteren, des Menschlichen und des Dämonischen transzendiert? Und wenn jetzt in der Dunkelheit die Stimme des Liebenden wieder flüstert von einem

sterblichen Gebild,
Von Leben, Licht und Göttlichkeit erfüllt,

ist das dann schon die beginnende Einsicht, daß es hinter dem *Epipsychidion* den *Adonais* und hinter dem *Adonais* die wortlose Lehre von denen gibt, die reinen Herzens sind?

Schnitt zu Dr. Pooles Labor. Durch die hohen Fenster dringt Sonnenlicht, das von dem rostfreien Stahlzylinder des auf dem Arbeitstisch stehenden Mikroskops blendend reflektiert wird. Der Raum ist leer.

Plötzlich wird die Stille durch das Geräusch sich nähernder Schritte unterbrochen. Die Tür geht auf und der Leiter der Nahrungsmittelproduktion (noch immer ein Butler in Mokassins) schaut herein.

»Poole«, beginnt er, »Seine Eminenz wollte einmal –«

Er bricht ab; Erstaunen malt sich auf seinem Gesicht.

»Er ist nicht da«, sagt er zum Erzvikar, der jetzt ebenfalls das Labor betritt.

Der Würdenträger wendet sich an die beiden Familiaren, die ihn als Ordonnanzen begleiten.

145

»Seht einmal nach, ob Dr. Poole im Versuchsgarten ist«, befiehlt er ihnen.

Die Familiaren verbeugen sich. »Sehr wohl, Euer Eminenz!« antworten sie mit Fistelstimme wie aus einem Munde und verschwinden.

Der Erzvikar nimmt Platz und fordert huldvoll mit einem Wink den Direktor auf, sich ebenfalls zu setzen.

»Ich glaube, ich habe Ihnen noch nicht erzählt, daß ich unseren Freund hier zu überreden versuche, in den Orden einzutreten.«

»Euer Eminenz denkt hoffentlich nicht daran, uns Dr. Pooles unschätzbarer Hilfe bei der Nahrungsmittelerzeugung zu berauben«, sagt der Direktor besorgt.

Der Erzvikar beruhigt ihn.

»Ich werde darauf achten, daß ihm immer Zeit bleibt, Ihnen jeden Rat zu geben, den Sie brauchen. Aber außerdem will ich dafür sorgen, daß auch die Kirche aus seinen Talenten Nutzen zieht und –«

Die Familiaren kommen zurück und verbeugen sich.

»Nun?«

»Er ist nicht im Garten, Euer Eminenz.«

Der Erzvikar wendet sich mit zornigem Stirnrunzeln zu dem Direktor, der unter dessen Blick erbebt.

»Sagten Sie nicht, daß heute der Wochentag ist, an dem er immer im Labor arbeitet?«

»Das ist richtig, Euer Eminenz.«

»Warum ist er dann nicht hier?«

»Ich habe keine Ahnung, Eminenz. Bisher habe ich es noch nicht erlebt, daß er seinen Arbeitsplan geändert hätte, ohne es mir mitzuteilen.«

Schweigen.

»Die Sache gefällt mir nicht«, sagt schließlich der Erzvikar. »Sie gefällt mir ganz und gar nicht.« Er wendet sich an die Familiaren. »Lauft zum Stabsquartier und veranlaßt, daß sofort ein halbes Dutzend Berittene auf die Suche nach ihm ausgeschickt wird.«

Verbeugung der Familiaren. Ihre Antwort, mit Fistelstimme gegeben, kommt gleichzeitig, bevor sie verschwinden.

»Und was Sie betrifft«, sagt der Erzvikar und wendet sich an den Direktor, der bleich und niedergeschlagen vor ihm steht, »so werden Sie sich dafür zu verantworten haben, wenn da etwas passiert sein sollte.«

Er erhebt sich, majestätisch in seinem Zorn, und schreitet auf die Tür zu.

Es folgen verschiedene Zwischenschnitte.

Loola, mit ihrem ledernen Rucksack, und Dr. Poole, mit seinem Armeetornister – aus der Zeit vor dem bewußten Ereignis – auf dem Rücken, klettern über eine Geröllhalde, die den Zugang zu einer dieser großartig konstruierten Autostraßen blokkiert, die mit ihren Überresten noch immer die Abhänge des San-Gabriel-Gebirges verunstalten.

Schnitt zu einem windgepeitschten Grat. Die beiden Flüchtlinge blicken auf die sich unendlich vor ihnen dehnende Mojavewüste hinunter.

Als nächstes finden wir uns in einem Kiefernwald am Nordhang der Bergkette wieder. Es ist Nacht. In einer Mondscheinlache zwischen den Bäumen liegen Dr. Poole und Loola, schlafend vereint unter derselben groben Wolldecke.

Jetzt Schnitt zu einem Cañon, einer Felsschlucht, auf deren Grund ein Bach fließt. Unser Liebespaar hat haltgemacht, um zu trinken und seine Feldflaschen zu füllen.

Und jetzt sind wir im Vorgebirge über der Wüste. Zwischen den Büscheln von Beifuß, den Yuccas und den Wacholderbüschen geht es sich leicht. Dr. Poole und Loola kommen ins Bild. Die Kamera fährt mit ihnen, als sie mit großen Schritten den Hang hinuntergehen.

»Sind deine Füße wund?« fragt er besorgt.

»Nicht allzusehr.«

Tapfer lächelnd schüttelt sie den Kopf.

»Ich meine, es wäre besser, wenn wir bald eine Pause machten und etwas äßen.«

»Wie du es für richtig hältst, Alfie.«

Er zieht eine alte Landkarte aus seiner Tasche und studiert sie im Gehen.

»Wir sind noch gut dreißig Meilen von Lancaster entfernt«,

sagt er. »Acht Stunden Weg. Da müssen wir mit unseren Kräften haushalten.«

»Und wie weit werden wir morgen kommen?« fragt Loola.

»Ein Stückchen über die Mojavewüste hinaus. Und danach rechne ich mit mindestens zwei Tagen, bis wir die Tehachapis überquert und Bakersfield erreicht haben.« Er steckt die Karte wieder in seine Tasche. »Ich habe aus dem Direktor eine ganze Menge Informationen herausgeholt«, berichtet er. »Er sagt, daß die Menschen weiter nördlich Flüchtlinge aus Südkalifornien sehr freundlich aufnehmen. Sie lehnen es ab, sie auszuliefern, auch wenn die Regierung sie offiziell darum ersucht.«

»Belial sei ... ich meine, Gott sei Dank!« sagt Loola.

Sie gehen schweigend weiter, bis Loola plötzlich stehenbleibt.

»Schau, was ist das?«

Sie zeigt mit der Hand auf etwas, und wir sehen von ihrem Blickpunkt aus vor dem Hintergrund eines riesigen Josuabaumes eine verwitterte Betontafel, die schief am Kopfende eines alten, von Buschgras und Buchweizen überwachsenen Grabes steht.

»Da muß jemand begraben worden sein«, sagt Dr. Poole.

Sie treten näher an das Grab heran, und während Dr. Poole laut liest, sehen wir in Großaufnahme die folgende Inschrift:

WILLIAM TALLIS
1882–1948
Was zauderst du und zagst, was willst du meiden?
Dein Hoffen ging voraus, von allem hier
Schied es schon längst; nun ist's an dir zu scheiden.

Schnitt zurück zu dem Liebespaar.

»Er muß sehr traurig gewesen sein«, sagt Loola.

»Vielleicht doch nicht ganz so traurig, wie du meinst«, sagt Dr. Poole, indes er seinen schweren Tornister abstreift und sich vor das Grab setzt.

Und während Loola ihren Rucksack öffnet und ihm Brot, Obst, Eier und Streifen von Dörrfleisch entnimmt, blättert Dr. Poole in seinem Duodezband Shelley.

»Da ist es«, sagt er endlich. »Es ist gleich die nächste Stanze
hinter der, die auf dem Grabstein zitiert wird:

> *»Dies Licht, das liebeswarm die Welt umfängt,*
> *Die Schönheit, darin alles wirkt und währt,*
> *Der Segen, den nicht löscht der Fluch, verhängt*
> *Uns von Geburt, die Liebe, die uns nährt –*
> *Und durch des Daseins Schleier, blind gewebt*
> *Von Erde, Luft und Meer und Mensch und Tier,*
> *Leuchtet, je mehr zu spiegeln eines strebt,*
> *Des allersehnten Feuers – strahlt nun mir*
> *Und letzte Wölkchen Sterblichkeit verzehrt.«*

Beide schweigen. Dann gibt Loola ihm ein hartgekochtes Ei.
Er schlägt es an dem Grabstein auf, und während er es schält,
verstreut er die weißen Eierschalensplitter über das Grab.

ANMERKUNGEN DES ÜBERSETZERS

Seite 30

Ella Wheeler Wilcox: amerikanische Lyrikerin und Journalistin (1850–1919), deren Gedichte zu ihrer Zeit außerordentlich populär waren.

Seite 31

Doch der Mensch ...: Aus William Shakespeare, »Maß für Maß«, II. Akt, 2. Szene, Isabella (übertragen von Wolf Graf Baudissin).

Seite 31

Michael Faraday: englischer Physiker und Chemiker (1791–1867).

Seite 58

Über die Kriegsindustrie: Wortspiel im Englischen mit *plants*, was sowohl Pflanzen als auch Industrie-Anlagen bedeuten kann.

Seite 63

In Memoriam: Anspielung auf den Gedichtband »In Memoriam A. H. H.« von Alfred Tennyson (1809–1892), den der Dichter einem früh verstorbenen Jugendfreund gewidmet hat.

Seite 77

... und stellte mich auf ein weites Feld ...: Aus Hesekiel, Kap. 37, Vers 1 und 2.

Seite 77

Und er sprach zu mir: Du Menschenkind ...: Aus Hesekiel, Kap. 37, Vers 3.

Seite 77

Bernard Mannes Baruch: Urheber des »Baruch-Plans« zur Atomenergie-Kontrolle (1870–1965).

Seite 89

Gewaschen im Blut des Lammes: Aus Offenbarung des Johannes, Kap. 7, Vers 14.

Seite 114

Wenn ich in die Fischteiche ...: Die kursiv gesetzten Zeilen sind zitiert aus: »The Duchess of Malfi«, einer Tragödie von John Webster (ca. 1580–1625), einem jüngeren Zeitgenossen Shakespeares.

Seite 116

Vergessend, was am mindsten zu bezweifeln: Die ganze Stelle aus

»Maß für Maß«, II. Akt, 2. Szene, auf die in diesem Buch schon mehrfach angespielt wurde, lautet in der Baudissinschen Übersetzung:

»... doch der Mensch, der stolze Mensch,
In kleine, kurze Majestät gekleidet,
Vergessend, was am mindsten zu bezweifeln,
Sein gläsern Element ... wie zorn'ge Affen,
Spielt solchen Wahnsinn gaukelnd vor dem Himmel,
Daß Engel weinen, die, gelaunt wie wir,
Sich alle sterblich lachen würden.«

Seite 145

Epipsychidion und *Adonais:* Versbände von Percy Bysshe Shelley (1792–1822), beide 1821 erschienen.

»... die lebendige, anschauliche und gar nicht esoterische Zeitschrift für Literatur«

DIE ZEIT

Die Literaturzeitschrift LITFASS bietet viermal im Jahr ein breites Spektrum vor allem der deutschsprachigen Literatur der Gegenwart. In LITFASS werden junge Autoren vorgestellt und die neuesten Arbeiten bekannter Schriftsteller veröffentlicht.

So ist LITFASS
– ein Kompaß für unsere Literaturentwicklung,
– ein durch seinen Nachrichtenteil, der sich in jedem LITFASS der Literatur der DDR widmet, höchst informatives Magazin,
– eine stets aktuelle, wenig angestrengte, doch mit ihren Texten und Fotos anspruchsvolle Literaturzeitschrift,
– ein umfangreiches Angebot an alle interessierten, neuen Tendenzen in Poesie und Prosa gegenüber aufgeschlossenen Lesern.

Aldous Huxley

Die Kunst des Sehens
Was wir für unsere Augen tun können.
Aus dem Englischen übertragen und mit einem Nachwort von Christoph Graf.
3. Aufl., 18. Tsd. 1984. 167 Seiten. Serie Piper 216

Meistererzählungen
Aus dem Englischen übertragen von Herbert Schlüter und Herberth E. Herlitschka.
1979. 343 Seiten. Geb.

Moksha
Auf der Suche nach der Wunderdroge. Herausgegeben von Michael Horowitz
und Cynthia Palmer. Autorisierte Übersetzung aus dem Englischen von Kyra Stromberg.
1983. 312 Seiten. Serie Piper 287

Narrenreigen
Roman. Aus dem Englischen von Herbert Schlüter. 1983. 295 Seiten. Serie Piper 310

Parallelen der Liebe
Roman. Aus dem Englischen übertragen und noch für diese Ausgabe neu durchgesehen
von Herberth E. Herlitschka. 1974. 369 Seiten. Leinen

Die Pforten der Wahrnehmung – Himmel und Hölle
Erfahrungen mit Drogen. Aus dem Englischen von Herberth E. Herlitschka.
11. Aufl., 62. Tsd. 1984. 134 Seiten. Serie Piper 6

Schöne neue Welt
Ein Roman der Zukunft
Dreißig Jahre danach
oder Wiedersehen mit der Schönen neuen Welt
Aus dem Englischen übertragen von Herberth E. Herlitschka. 3. Aufl., 13. Tsd. 1984.
369 Seiten. Geb.

Die Teufel von Loudun
Aus dem Englischen von Herberth E. Herlitschka. 2., neu durchgesehene Aufl., 7. Tsd. 1978.
399 Seiten mit 7 Abb. Leinen

SERIE PIPER

Franz Alt Frieden ist möglich. SP 284

Jürg Amann Die Baumschule. SP 342

Jürg Amann Franz Kafka. SP 260

Stefan Andres Positano. SP 315

Stefan Andres Wir sind Utopia. SP 95

Hannah Arendt Macht und Gewalt. SP 1

Hannah Arendt Rahel Varnhagen. SP 230

Hannah Arendt Über die Revolution. SP 76

Hannah Arendt Vita activa oder Vom tätigen Leben. SP 217

Hannah Arendt Walter Benjamin – Bertolt Brecht. SP 12

Atomkraft – ein Weg der Vernunft? Hrsg. v. Philipp Kreuzer/
  Peter Koslowski/Reinhard Löw. SP 238

Ingeborg Bachmann Anrufung des Großen Bären. SP 307

Ingeborg Bachmann Frankfurter Vorlesungen:
  Probleme zeitgenössischer Dichtung. SP 205

Ingeborg Bachmann Die gestundete Zeit. SP 306

Ingeborg Bachmann Die Hörspiele. SP 139

Ingeborg Bachmann Das Honditschkreuz. SP 295

Ingeborg Bachmann Liebe: Dunkler Erdteil. SP 330

Ingeborg Bachmann Die Wahrheit ist dem Menschen zumutbar.
  SP 218

Ernst Barlach Drei Dramen. SP 163

Giorgio Bassani Die Gärten der Finzi-Contini. SP 314

Wolf Graf von Baudissin Nie wieder Sieg.
  Hrsg. von Cornelia Bührle/Claus von Rosen. SP 242

Werner Becker Der Streit um den Frieden. SP 354

Max Beckmann Briefe im Kriege. SP 286

Max Beckmann Leben in Berlin. SP 325

Hans Bender Telepathie, Hellsehen und Psychokinese. SP 31

Hans Bender Zukunftsvisionen, Kriegsprophezeiungen,
  Sterbeerlebnisse. SP 246

Bruno Bettelheim Gespräche mit Müttern. SP 155

Bruno Bettelheim/Daniel Karlin Liebe als Therapie. SP 257

Klaus von Beyme Interessengruppen in der Demokratie. SP 202

SERIE PIPER

Klaus von Beyme   Parteien in westlichen Demokratien. SP 245
Klaus von Beyme   Das politische System der Bundesrepublik
   Deutschland. SP 186
Norbert Blüm   Die Arbeit geht weiter. SP 327
Jurij Bondarew   Die Zwei. SP 334
Tadeusz Borowski   Bei uns in Auschwitz. SP 258
Karl Dietrich Bracher   Zeitgeschichtliche Kontroversen. SP 353
Alfred Brendel   Nachdenken über Musik. SP 265
Raymond Cartier   Der Zweite Weltkrieg. Band I SP 281,
   Band II SP 282, Band III SP 283
Horst Cotta   Der Mensch ist so jung wie seine Gelenke. SP 275
Georg Denzler   Widerstand oder Anpassung? SP 294
Dhammapadam – Der Wahrheitpfad. SP 317
Hilde Domin   Von der Natur nicht vorgesehen. SP 90
Hilde Domin   Wozu Lyrik heute. SP 65
Fjodor M. Dostojewski   Der Idiot. SP 400
Fjodor M. Dostojewski   Sämtliche Erzählungen. SP 338
Hans Eggers   Deutsche Sprache im 20. Jahrhundert. SP 61
Irenäus Eibl-Eibesfeldt   Liebe und Haß. SP 113
Irenäus Eibl-Eibesfeldt   Krieg und Frieden. SP 329
Einführung in pädagogisches Sehen und Denken. SP 222
Jürg Federspiel   Museum des Hasses. SP 220
Joachim C. Fest   Das Gesicht des Dritten Reiches. SP 199
Iring Fetscher   Herrschaft und Emanzipation. SP 146
Iring Fetscher   Der Marxismus. SP 296
Andreas Flitner   Spielen – Lernen. SP 22
Fortschritt ohne Maß? Hrsg. Reinhard Löw/Peter Koslowski/
   Philipp Kreuzer. SP 235
Viktor E. Frankl   Die Sinnfrage in der Psychotherapie. SP 214
Richard Friedenthal   Diderot. SP 316
Richard Friedenthal   Goethe. SP 248
Richard Friedenthal   Jan Hus. SP 331
Richard Friedenthal   Leonardo. SP 299
Richard Friedenthal   Luther. SP 259

SERIE PIPER

Harald Fritzsch   Quarks. SP 332

Walther Gerlach/Martha List   Johannes Kepler. SP 201

Jewgenia Ginsburg   Gratwanderung. SP 293

Albert Görres   Kennt die Religion den Menschen? SP 318

Goethe – ein Denkmal wird lebendig.   Hrsg. von Harald Eggebrecht.
    SP 247

Erving Goffman   Wir alle spielen Theater. SP 312

Helmut Gollwitzer   Was ist Religion? SP 197

Martin Greiffenhagen   Das Dilemma des Konservatismus
    in Deutschland. SP 162

Norbert Greinacher   Die Kirche der Armen. SP 196

Grundelemente der Weltpolitik   Hrsg. von Gottfried-Karl
    Kindermann. SP 224

Albert Paris Gütersloh   Der Lügner unter Bürgern. SP 335

Albert Paris Gütersloh   Sonne und Mond. SP 305

Olaf Gulbransson   Es war einmal. SP 266

Olaf Gulbransson   Und so weiter. SP 267

Hildegard Hamm-Brücher   Gerechtigkeit erhöht ein Volk. SP 346

Hildegard Hamm-Brücher   Der Politiker und sein Gewissen. SP 269

Wolfram Hanrieder   Fragmente der Macht. SP 231

Bernhard Hassenstein   Instinkt Lernen Spielen Einsicht. SP 193

Bernhard und Helma Hassenstein   Was Kindern zusteht. SP 169

Elisabeth Heisenberg   Das politische Leben eines Unpolitischen.
    SP 279

Werner Heisenberg   Schritte über Grenzen. SP 336

Werner Heisenberg   Tradition in der Wissenschaft. SP 154

Jeanne Hersch   Karl Jaspers. SP 195

Elfriede Höhn   Der schlechte Schüler. SP 206

Peter Hoffmann   Widerstand gegen Hitler. SP 190

Peter Huchel   Die Sternenreuse. SP 221

Aldous Huxley   Affe und Wesen. SP 337

Aldous Huxley   Die Kunst des Sehens. SP 216

Aldous Huxley   Moksha. SP 287

Aldous Huxley   Narrenreigen. SP 310

SERIE PIPER

Aldous Huxley   Die Pforten der Wahrnehmung – Himmel und Hölle. SP 6

Joachim Illies   Kulturbiologie des Menschen. SP 182

François Jacob   Das Spiel der Möglichkeiten. SP 249

Karl Jaspers   Die Atombombe und die Zukunft des Menschen. SP 237

Karl Jaspers   Augustin. SP 143

Karl Jaspers   Chiffren der Transzendenz. SP 7

Karl Jaspers   Einführung in die Philosophie. SP 13

Karl Jaspers   Kant. SP 124

Karl Jaspers   Kleine Schule des philosophischen Denkens. SP 54

Karl Jaspers   Die maßgebenden Menschen. SP 126

Karl Jaspers   Philosophische Autobiographie. SP 150

Karl Jaspers   Der philosophische Glaube. SP 69

Karl Jaspers   Plato. SP 147

Karl Jaspers   Die Schuldfrage – Für Völkermord gibt es keine Verjährung. SP 191

Karl Jaspers   Spinoza. SP 172

Karl Jaspers   Strindberg und van Gogh. SP 167

Karl Jaspers   Vernunft und Existenz. SP 57

Karl Jaspers   Vom Ursprung und Ziel der Geschichte. SP 298

Karl Jaspers   Wahrheit und Bewährung. SP 268

Karl Jaspers/Rudolf Bultmann   Die Frage der Entmythologisierung. SP 207

Walter Jens   Fernsehen – Themen und Tabus. SP 51

Walter Jens   Momos am Bildschirm 1973–1983. SP 304

Walter Jens   Die Verschwörung – Der tödliche Schlag. SP 111

Walter Jens   Von deutscher Rede. SP 277

Louise J. Kaplan   Die zweite Geburt. SP 324

Rudolf Kippenhahn   Hundert Milliarden Sonnen. SP 343

Leszek Kolakowski   Der Himmelsschlüssel. SP 232

Leszek Kolakowski   Der Mensch ohne Alternative. SP 140

Christian Graf von Krockow   Gewalt für den Frieden? SP 323

Hans Küng   Die Kirche. SP 161

Hans Küng   24 Thesen zur Gottesfrage. SP 171

Serie Piper

Hans Küng   20 Thesen zum Christsein. SP 100

Konrad Lorenz   Die acht Todsünden der zivilisierten Menschheit. SP 50

Konrad Lorenz   Das Wirkungsgefüge der Natur und das Schicksal des Menschen. SP 309

Konrad Lorenz/Franz Kreuzer   Leben ist Lernen. SP 223

Lust am Denken   Hrsg. von Klaus Piper. SP 250

Lust an der Musik   Hrsg. von Klaus Stadler. SP 350

Franz Marc   Briefe aus dem Feld. Neu hrsg. von Klaus Lankheit/ Uwe Steffen. SP 233

Yehudi Menuhin   Ich bin fasziniert von allem Menschlichen. SP 263

Christa Meves   Verhaltensstörungen bei Kindern. SP 20

Alexander Mitscherlich   Auf dem Weg zur vaterlosen Gesellschaft. SP 45

Alexander Mitscherlich   Der Kampf um die Erinnerung. SP 303

Alexander und Margarete Mitscherlich   Eine deutsche Art zu lieben. SP 2

Alexander und Margarete Mitscherlich   Die Unfähigkeit zu trauern. SP 168

Margarete Mitscherlich   Das Ende der Vorbilder. SP 183

Christian Morgenstern   Galgenlieder. SP 291

Christian Morgenstern   Werke in vier Bänden. Band I SP 271, Band II SP 272, Band III SP 273, Band IV SP 274

Ernst Nolte   Der Weltkonflikt in Deutschland. SP 222

Pier Paolo Pasolini   Accattone. SP 344

Pier Paolo Pasolini   Gramsci's Asche. SP 313

Pier Paolo Pasolini   Teorema oder Die nackten Füße. SP 200

Pier Paolo Pasolini   Vita Violenta. SP 240

P.E.N.-Schriftstellerlexikon   Hrsg. von Martin Gregor-Dellin/ Elisabeth Endres. SP 243

Karl R. Popper/Konrad Lorenz   Die Zukunft ist offen. SP 340

Ludwig Rausch   Strahlenrisiko!? SP 194

Fritz Redl/David Wineman   Kinder, die hassen. SP 333

SERIE PIPER

Fritz Redl/David Wineman   Steuerung des aggressiven Verhaltens beim Kind. SP 129

Rupert Riedl   Die Strategie der Genesis. SP 290

Ivan D. Rožanskij   Geschichte der antiken Wissenschaft. SP 292

Hans Schaefer   Plädoyer für eine neue Medizin. SP 225

Wolfgang Schmidbauer   Heilungschancen durch Psychotherapie. SP 127

Wolfgang Schmidbauer   Sensitivitätstraining und analytische Gruppendynamik. SP 56

Robert F. Schmidt/Albrecht Struppler   Der Schmerz. SP 241

Hannes Schwenger   Im Jahr des Großen Bruders. SP 326

Gerd Seitz   Erklär mir den Fußball. SP 5002

Kurt Sontheimer   Grundzüge des politischen Systems der Bundesrepublik Deutschland. SP 351

Robert Spaemann   Rousseau – Bürger ohne Vaterland. SP 203

Die Stimme des Menschen   Hrsg. von Hans Walter Bähr. SP 234

Hans Peter Thiel   Erklär mir die Erde. SP 5003

Hans Peter Thiel   Erklär mir die Tiere. SP 5005

Hans Peter Thiel/Ferdinand Anton   Erklär mir die Entdecker. SP 5001

Ludwig Thoma   Heilige Nacht. SP 262

Ludwig Thoma   Moral. SP 297

Ludwig Thoma   Münchnerinnen. SP 339

Ludwig Thoma   Der Wilderer. SP 321

Giuseppe Tomasi di Lampedusa   Der Leopard. SP 320

Franz Tumler   Das Land Südtirol. SP 352

Karl Valentin   Die Friedenspfeife. SP 311

Cosima Wagner   Die Tagebücher. Bd. 1 SP 251, Bd. 2 SP 252, Bd. 3 SP 253, Bd. 4 SP 254

Richard Wagner   Mein Denken. Hrsg. von Martin Gregor-Dellin. SP 264

Paul Watzlawick   Wie wirklich ist die Wirklichkeit? SP 174

Der Weg ins Dritte Reich. SP 261

Johannes Wickert   Isaac Newton. SP 215

SERIE PIPER

Wolfgang Wickler   Die Biologie der Zehn Gebote. SP 236
Wolfgang Wickler/Uta Seibt   männlich weiblich. SP 285
Wolfgang Wieser   Konrad Lorenz und seine Kritiker. SP 134
Sighard Wilhelm   Geschichte der Bundesrepublik Deutschland.
    SP 256
Wilhelm Worringer   Abstraktion und Einfühlung. SP 122
Wörterbuch der Erziehung   Hrsg. von Christoph Wulf. SP 345
Heinz Zahrnt   Aufklärung durch Religion. SP 210
Dieter E. Zimmer   Die Vernunft der Gefühle. SP 227